우리가 함께
기다린 말들

우리가 함께
기다린 말들

...

언어치료사가 말 너머의 세계와
소통하며 만난 희망의 기록

장재진 에세이

상도북스

오늘도 말이 열리길 기다리며

제 상상 속에서 글 쓰는 사람의 모습은 이런 것이었습니다. 고급스러운 책상에 앉아 키보드를 경쾌하게 두드리다가 잠시 창문 밖 풍경을 바라보며 사색에 빠지는 것. 하지만 제가 글 쓰는 사람이 되고 보니 현실은 부엌 식탁입니다. 아이들과 남편은 제 앞을 오가며 시답잖은 잡담을 던지거나, 냉장고 문을 열고 "뭐 먹을 거 없나" 하는 말을 연발합니다. 강아지 단이는 안아 달라고 낑낑거립니다.

머릿속으로 생각하는 삶과 현실의 삶은 늘 다른 법이지요. 엄마로서 제 모습도 그랬습니다. 첫째 아이의 청각장애를 알게 된 후 제 일상은 수술이며 언어치료며 재활 같은 상상해 본 적 없는 일들로 가득 찼습니다. 이런 직업이 존재한다는 사실조차 몰랐던 제가 언어치료사의 길을 걷게 된 것도 마찬가지입니다.

언어 발달이 남들보다 한참 더딘 아이를 키우는 동안 얼마나 가슴을 졸였는지 모릅니다. 그 작은 아이를 매섭게 다그친 적도 많습니다. 항상 마음이 불편하고 이 상황이 원망스러웠습니다. 하지만 그사이에도 아이는 느리지만 한 걸음씩 나아갔습니다. 늘 제게 '처음'이라는 이름의 감동을 주었습니다. 처음으로 단어를 말하고, 처음으로 문장을 말하고, 처음으로 글자를 읽었습니다. 그럼에도 성질 급한 저는 그 감동을 온전히 누리지 못하고 또 다음을 바라보며 '빨리 돼야 하는데…… 왜 안 되나……' 하고 답답해했습니다. 기다림과는 참 거리가 먼 엄마였습니다.

그랬던 제가 언어치료사가 되어 수많은 아이들을 만났습니다. 아이를 데리고 언어치료실에 온 부모님들의 표정에는 근심과 불안이 가득합니다. 그분들에게서 그 시절 제 모습을 봅니다.

언어치료를 빠르게 종료하는 아이들도 있습니다만 대다수 아이들에게 언어치료는 끝을 알 수 없는 지난한 과정입니다. 하지만 기다리고 기다리다 보니 알게 되었습니다.

아이들은 자신만의 속도, 자신만의 방향대로 성장하고 발전해 나간다는 사실. 그 자리에 그대로 머물러 있는 아이는 없습니다. 언뜻 보면 매일매일이 똑같은 것 같지만 아주 조금씩이라도 아이들은 변화하고 있습니다. 사람을 대하는 눈빛이 달라지고, 무언가를 가리키는 손가락 동작이 달라지고, 입으로 내는 소리가 달라지고, 모방하는 말이 달라집니다. 말로 표현되지 못하던 아이들 마음속의 우주가 차츰차츰 펼쳐집니다.

무조건적인 기다림을 말하고자 하는 것이 아닙니다. 아무 노력도 하지 않고 기다릴 수만은 없습니다. 아이가 자전거 타는 법을 익히게 하려면 뒤에서 붙잡아 주기도 하고, 잘한다고 격려해 주기도 하고, 그러다 어느 순간에는 혼자 타도록 놓아 주어야 하지요. 언어치료도 다르지 않습니다. 아이의 언어 발달을 위한 최선의 노력을 가장 적절한 타이밍에 수행하는 것이 언어치료사의 역할입니다. 아이를 제대로 파악하는 눈과 진정으로 위하는 마음을 가져야만 할 수 있는 일입니다.

이 책은 제가 언어치료사로서 아이들과 부모님들과 함께 기다려 온 시간들, 그리고 그 시간 동안 기울여 온 노력들을 담았습니다. 또한 저를 언어치료사라는 낯선 길로 이끈 제 가족의 내밀한 이야기도 담았습니다. 지금 이 순간 언어로 인해 힘들어하고 있는 부모님들과 아이들에게, 진심으로 아이들을 대하고 있는 동료 언어치료사들과 열심히 공부하고 있는 미래의 언어치료사들에게 제 경험이 작은 울림으로 다가가기를 바라는 마음입니다.

이 책을 쓰면서 많이 울었습니다. 제 아이를 키우던 그 시절을 되돌아보니 왜 그렇게 서둘렀나, 왜 그렇게 닦달했나 부끄럽고 후회되었기 때문이지요. 다시 아이를 키운다면 더 믿고 더 오래 기다리고 싶습니다. 하지만 그럴 수 없다는 것을 잘 알기에 이제라도 제 아이의 앞날을 차분히 기다리려 합니다. 그리고 오늘도 언어치료실에서 만나는 아이들의 변화를 기다립니다. 우리가 진심을 다해 지지하며 기다린다면 아이들의 말은 자라날 것입니다.

엄마로서 저를 성장시킨 제 두 아이들, 그리고 부족한 언어치료사임에도 저를 믿고 함께해 준 아이들과 부모님들에게 감사의 마음을 전합니다.

차례

⋮

1부   어쩌다
보니
언어치료사

하늘이 유독 파란 가을날에
닥친 운명

와장창! 쾅!

부엌에서 나는 요란한 소리에 화들짝 놀라 일어났다. 동시에 아기침대를 들여다보았다. 태어난 지 8개월밖에 안 된 아이는 여전히 평온한 얼굴로 잠에 빠져 있었다.

설거지를 하던 어머니가 당황한 목소리로 말했다.

"아기 안 깼나? 프라이팬이 손에서 미끄러져 가지고 바닥에 떨어져 뿌렸네."

"안 깼어요. 잘 자고 있어요."

안도감도 잠시, 이 상황이 어쩐지 어색하다는 느낌에 휩싸였다. 어떻게 저토록 요란한 소리에도 깨지 않을 수 있지? 아이는 조금의 미동조차 없었다. 아무 일도 일어나지 않았다는 듯, 저 소리와 완전히 분리되어 있다는 듯.

육아휴직은 꿈도 꾸지 못하던 때였다. 그 시절 많은 워킹맘이 그랬듯 3개월의 출산휴가를 마치고 직장에 복귀했다. 감사하게도 친정 부모님이 아이를 봐 주시기로 했다. 문제는 내 직장은 서울인데 친정은 부산이라는 점. 평일에는 서울에서 직장을 다니고 주말에는 부산에 가서 아이를 보는 주말 육아맘의 생활이 시작되었다.

엄마만의 촉이랄까. 고작 주말에만 보는데도 내 아이가 무언가 이상하다는 느낌이 들었다. 비슷한 개월 수의 다른 아기들은 혼자 앉고 기는 데 비해, 제대로 앉지도 못했고 기대어 앉혀도 자세가 구부정했다. 무엇보다도 소리에 대한 반응이 너무 둔했다. 아니, 반응이 아예 없다고 해야 맞았다. 초인종이 울려도, 문이 쿵 닫혀도 아이는 잠에서 깨지 않았다.

아무래도 무언가 잘못되고 있는 것 같아 가족들에게 이야기했다. 하지만 나보다 훨씬 더 오랜 시간 동안 아이를 보는 친정 부모님은 대수롭지 않게 여겼다. 남편도 마찬가지였다.

"그냥 애가 좀 느린 거고 너무 순한 거지. 그런 애들도 어떻게 저토록 요란한 소리에도 깨지 않을 수 있지?
아이는 조금의 미동조차 없었다.
아무 일도 일어나지 않았다는 듯,
저 소리와 완전히 분리되어 있다는 듯.

있다 아이가. 시간 지나면 다 괜찮아진다. 걱정 말그래이."

"글쎄, 난 잘 모르겠는데. 당신이 너무 예민하게 생각하는 거 아냐?"

불안감을 누르려 애썼다. 하지만 프라이팬 소리가 집 안에 울린 그날부터 더는 외면할 수 없었다. 책을 들여다보고 인터넷을 검색했다. 내가 찾은 정보들은 한결같이 아이에게 분명히 문제가 있음을 말하고 있었다.

아이가 10개월쯤 되었을 때 서울로 데려왔다. 집 근처 어린이집에 자리가 난 덕분이었다. 그제야 나는 남편에게 선언하듯 말했다.

"우리 애, 병원에 데려갈 거야."

여전히 남편은 굳이 그렇게까지 해야 하냐는 태도였지만 내 결심은 확고했다. 아이가 태어났던 종합병원에 가서 아이의 증상을 말했더니 재활의학과와 이비인후과에 함께 진료를 잡아 주었다. 진료는 한 번으로 끝나지 않았다. 하루는 연차를 내고 또 하루는 반차를 내 가며 아이를 안고 여러 차례 병원을 오갔다. 아직 운전면허를 따기 전이라 매번 택시를 이용해야 했다. 아이는 재활의학과와 이비인후과 양쪽 모두에서 온갖 검사를 받았다.

수면제를 먹고 기절하듯 잠든 아이를 거대한 MRI 기기에 들여보내며 얼마나 깊은 한숨을 내쉬었던가. 엄마의 괜한 의심 탓에 아이가 불필요한 고생을 겪는 것은 아닐까 걱정되었다. 그러면서 동시에, 이 고생이 모두 불필요한 것이기를 바랐다. 아이가 조금 느릴 뿐인데 쓸데없이 난리를 피운 극성 엄마로 판명 났으면 하고 말이다.

그날은 유난히도 맑은 10월의 어느 날이었다. 나는 아이를 데리고 남편과 함께 이비인후과 진료실에 앉아 있었다. 의사 선생님은 차트를 보고 내 얼굴을 보고 다시 차트를 보고 아이 얼굴을 보았다. 그러더니 감정이 하나도 섞이지 않은 건조한 말투로 말했다.

"어머니, 이 아이는 바로 옆에서 비행기가 떠도 못 듣습니다."

그 순간 앞이 노래졌다. 그다음 말들은 하나도 기억나지 않는다.

의사 선생님 앞에서는 이상하리만치 담담했다. 아니, 넋이 나갔던 것인지도 모르겠다. 하지만 병원을 나서서 차에 타자마자 눈물이 흐르기 시작했다. 아이는 새근새근 자고 남편은 굳은 표정으로 운전만 했다. 차 안에는 무거운 침묵이 흘렀다. 내가 훌쩍이는 소리만이 간간이 침묵을 깰 뿐이었다.

하염없이 울다가 문득 창밖을 보았다. 가을 하늘이 그렇게 푸르를 수가 없었다. 눈이 부실 정도였다. 나도 모르게 마음속으로 신을 향해 원망의 말을 쏟아냈다.

'우리 아이가 듣지 못한다니요. 우리 집안에 그런 사람은 하나도 없어요. 나는 그냥 평범하게 살고 싶은데 왜 내게 이런 일이 생기나요……. 왜 우리 아이가 이런 아픔을 겪어야 하나요…….'

평범한 삶

어릴 적 나는 동네 어귀에 있는 작은 서점의 주인이 되고 싶었다. 예쁜 꽃집의 주인이 되고 싶기도 했다. 내가 살던 집이 위치한 골목에서 아래쪽으로 내려가면 아담한 서점이 있고 그 옆의 옆 건물에는 꽃집이 있었다. 서점에 들어가면 재미있어 보이는 책이 너무도 많았다. 꽃집 앞을 지나갈 때면 은은한 향기가 코를 간질였다. 책도 꽃도 마냥 좋았다. 책이나 꽃을 사러 오는 손님들 중에는 나쁜 사람도 아픈 사람도 불행한 사람도 없을 거라고 막연하게 믿었다. 평생을 동화처럼 행복하게 살고 싶었다.

초등학교 2학년 때 내가 쓴 시가 학교 신문에 실렸다. 나 자신이 글쓰기를 좋아한다는 사실을 그때 깨달았다. 문예반 활동을 하며 여러 글짓기 대회에 학교 대표로 참가해 상을 받았다. 평생 글을 쓰며 살아야겠다는 생각이 들었다. 훗날 서점이든 꽃집이든 그 공간 한편에서는 글을 쓰고 싶었다.

고등학교 때부터는 단편소설을 쓰기 시작했다. 가장 기억에 남는 작품은 시골에서 농사를 지으시던 할머니의 이야기를 쓴 〈할머니의 땅〉이다. 문학사상사에서 주최하는 청소년문학상에서 최우수상을 받았고 작품집에 실려 출간까지 되었기 때문이다. 부산에서 나고 자라며 다른 지역에는 거의 가 본 적이 없던 내가 서울에 가서 세종문화회관의 단상에 올랐다. 눈부신 조명 아래 서서 박수갈채 속에 상을 받은 경험은 십대 소녀의 마음에 강렬하게 남았다. 신춘문예 등단이라는 새로운 목표가 생겼다.

너무도 자연스럽게 국문과에 진학했다. 대학에서도 글쓰기는 이어졌다. 1학년 때는 학내 문학상을 받았다. 국문과 선배들이 "1학년 장재진이 누구야?" 하며 나를 찾을 정도로 1학년의 수상이 화제가 되었다. 2학년 때는 전국 대학생들을 대상으로 하는 대산대학문학상을 받았다. 그리고 대학원에 들어가 국문학 공부를 계속했다.

그랬던 내가 대학원을 졸업하고는 곧바로 직장인이 되었다. 정년이 보장되는 안정된 직장이었다. 내가 머지않아 소설가로 등단할 줄 알았던 주위 사람들의 반응은 "대체 왜?"였다. 하지만 나로서는 포기도 아니고 타협도 아니었다. 그저 나다운 선택이었다.

사실 내 맘속에는 오래전부터 또 다른 꿈이 자리하고 있었다. 평범한 삶을 살고 싶다는 꿈. 서점이나 꽃집은 나중에 나이가 들어 은퇴하고서 해도 괜찮을 거라 생각했다. 소설은 살다 보면 언젠가 쓸 기회가 생길 거라 믿었다. 일단은 남들처럼 무난하게 직장을 다니며 결혼도 하고 아이도 낳고 싶었다. 교사로서 평생 안정된 길을 걸어온 부모님의 영향 때문이었던 것 같다.

직장생활은 순조로웠다. 상사들도 동료들도 모두 좋은 사람들이었다. 내가 담당한 업무는 보도자료나 홍보 문구를 쓰는 일이었다. 처음 경험하는 일이긴 하지만 워낙 어릴 때부터 글쓰기에 훈련되어 있던 터라 제법 할 만했다. 업무 속도가 빠르다고 '자판기'라는 별명을 얻었다.

직장에 다닌 지 1년쯤 된 어느 날 가까운 상사분이 소개팅을 제안했다. 그렇게 한 남자를 만났다. 첫인상은 사람이 참 볼품없다는 것. 키가 178센티미터인데 몸무게 앞자리는 5라고 했다. 키가 159센티미터인 나도 몸무게 앞자리가 5이건만. 하지만 대화할수록 호감이 느껴졌다. 컴퓨터공학을 전공하고 관련 회사에서 근무하고 있다는데 내게는 영 지루해 보이는 일을 무척이나 재미있다는 듯 신나서 이야기하는 모습이 어쩐지 꽤 괜찮아 보였다. 뼛속까지 이과인 남자와 스물여섯에 연애를 시작해 스물일곱에 결혼했다. 그리고 반년 만에 아이를 가졌다.

임신할 무렵 어머니가 커다란 빨간 대추를 받는 꿈을 꾸었다. 주위에서는 다들 아들 태몽이라고 말했다. 배 속의 아이는 너무 얌전해서 태동도 별로 없었다. '혹시 딸인가?' 하는 생각이 들 정도였다. 39주를 꽉 채워 2004년 설 연휴 마지막 날에 아이를 낳았다. 난산이었다. 거의 이틀 동안 꼬박 진통을 했다. 엄마가 된다는 것이 이토록 힘든 일이라는 사실을 온몸으로 느꼈다. 너무 큰 고통을 겪은 탓에 분만 직후에는 정신이 하나도 없었다. 아이 얼굴을 제대로 보았는지조차 기억나지 않는다. 아이를 찬찬히 들여다본 것은 다음 날이었다. 채 회복되지 않은 몸으로 느릿느릿 신생아실까지 걸어갔다. 아이는 작아도 너무 작왔다. 눈도 제대로 뜨지 못하는 아이를 보고 있노라니 뭉클했다. 엄마가 되었다는 사실이 실감 났다.

나중에야 진료 기록을 보고 알았지만 아이는 난산 과정에서 태변을 먹는 바람에 손톱까지 착색되었고 태어나자마자 산소호흡기를 대야 했다. 산후조리원으로 옮겼다가 이번에는 황달이 심하게 와서 다시 입원했다. 아이의 피부색이 어찌나 노랗던지. 마침내 퇴원하게 되어 이제야 한숨 돌리나 했는데 오판이었다. 아이를 집에 데려온 그날부터 신생아 육아라는 더 큰 산이 기다리고 있었다. 아이는 툭하면 자지러지게 울음을 터트렸다. 도무지 이유를 알수 없을 때가 더 많았다. 우는 아이를 안고 밤새도록 집 안을 서성이다가 새벽이 되어서야 아이도 나도 겨우 잠드는 날이 이어졌다. 낮과 밤이 완전히 뒤바뀌어 버렸다.

그렇다고 아이가 어딘가 이상하거나 특이하다는 생각은 한 순간도 들지 않았다. 작게 태어나는 것도, 태변을 먹는 것도, 황달이 생기는 것도, 밤낮으로 우는 것도 모두 으레 있을 법한 일이 아닌가. 신생아 때 그런 일들을 겪고도 다들 건강하게 자라지 않는가. 아이의 울음조차 내게는 평범하게 살겠다는 내 인생 계획의 테두리 안에 있는 것으로 느껴졌다. 평범한 삶의 과정을 차근차근 밟아 가고 있다고 믿어 의심치 않았다.

그 믿음은 아이가 청각장애 판정을 받음과 동시에 와장창 깨졌다. 이제 내 앞에는 청각장애 아이의 엄마로서 살아야 하는 인생이 펼쳐져 있었다. 한 순간도 예상하지 못한 삶, 하지만 피하려야 피할 수 없는 삶이었다.

생후 15개월의 인공와우 수술

청각장애 아이의 엄마가 되었지만 나는 청각장애에 대해 너무도 무지했다. 이제부터 무엇을 어떻게 해야 하는지 막막하기만 했다. 그저 막연히 '수어를 해야 하는 건가' 하는 생각만 들었다. 그러다 알게 된 것이 인공와우 수술이었다. 청각장애 판정을 받고 바로 다음 진료에서 의사 선생님이 인공와우 수술을 권했다.

소리는 고막을 지나 달팽이관, 청신경, 뇌의 순서로 전달된다. 와우란 이 중 달팽이관을 의미한다. 달팽이관에 문제가 있으면 보청기를 이용해도 그다지 효과를 볼 수 없다. 보청기로 소리를 키워 보았자 달팽이관에서 청신경으로 전달되지 않기 때문이다. 내 아이도 바로 이 경우에 해

당했다. 이때는 인공와우 수술이 해결책이 될 수 있다. 제 기능을 못 하는 달팽이관을 대신해 주는 전극을 달팽이관 속에 이식하는 것이다. 또한 귀 뒤쪽의 머리뼈를 얇게 깎아 자석판을 넣고 그것을 머리에 착용하는 외부장치와 연결해야 한다. 소리는 외부장치를 통해 전기신호가 되어 달팽이관 속 전극으로 전달되고 그다음에는 청신경으로 전달된다. 그렇게 해서 뇌가 소리를 인식할 수 있다.

지금이야 인공와우 수술이 무엇인지 차분히 적고 있지만 그 당시에는 의사 선생님의 설명이 잘 이해되지 않았다. 그래도 내 아이가 소리를 들을 가능성이 존재한다는 사실이 한 줄기 빛처럼 느껴졌다. 얼마 전부터 24개월 이하 아이들에게까지 인공와우 수술이 시작된 것도, 바로 그해부터 한쪽 귀의 인공와우 수술에 보험이 적용되기 시작한 것도 천운이었다. 아직 걷지도 못하는 아이가 수술을 받아야 한다는 사실이 가슴 아팠지만 그렇게 해서 들을 수만 있다면 망설일 이유가 없었다.

하지만 또 한 번의 절망이 나를 기다리고 있었다. 수술 전 검사 결과, 아이의 청신경에도 큰 문제가 있는 것으로 드러났다. 일반적인 청신경보다 절반 이하로 얇은 청신경저형성증이었다. 〈엘리제를 위하여〉를 건반이 88개인 보통 피아노가 아니라 44개밖에 안 되는 피아노로 치는 격이랄까.

"청신경이 이 정도면 수술 후에도 말을 알아듣기는 힘들 거고, 말이 아닌 소리라도 들을 확률은 50퍼센트입니다. 그래도 자동차 빵빵 하는 소리, 물건 부딪치는 소리같이 큰 소리는 들을 수 있을 겁니다."

의사 선생님의 진단에 다시 억장이 무너졌다. 말을 알아듣기 힘들다는 것은 곧 말을 하기도 힘들다는 것 아닌가. 유일한 희망마저 이대로 사라져 버리는 것일까. 비행기 뜨는 소리조차 들을 수 없다는 진단에서 그나마 큰 소리는 들을 수 있다는 진단으로 바뀌었으니 기뻐해야 할까. 그래도 어차피 다른 방법이 없었다. 인공와우 수술에 가느다란 희망이라도 걸어 보는 수밖에.

수술 날짜가 가까워질수록 걱정이 커졌다. 남편은 매일 관련 정보를 뒤졌다. 우리나라 자료가 별로 없어서 영어 저널과 논문까지 찾아보았다. 결론은 언제나 '청신경저형성증은 수술 예후가 좋지 않다'였다. 수술을 기다리는 동안 아이는 자기 귀보다 더 큰 보청기를 끼고 언어치료를 받기 시작했다. 언어치료 선생님들도 아이가 청신경저형 성증이라는 사실을 알고 나면 표정이 굳었다.

"쉽지는 않은 상황이네요. 그래도 어머니, 수술을 받을 수는 있으니 얼마나 다행이에요? 일단 수술을 받고서 열심히 재활하다 보면 방법이 생기지 않을까요?"

그 당시는 청신경저형성증이면 인공와우 수술을 포기하는 병원이 많았다. 요즘은 상황이 바뀌어 수술이 흔해졌지만 여전히 수술 효과를 크게 기대하기는 어렵다고 알려져 있다. 그러니 20여 년 전인 그때는 더욱 부정적인 분위기일 수밖에 없었다.

마침내 수술이 하루 앞으로 다가왔다. 아이를 입원시키면서 수술 동의서를 썼다. 그다지 어려운 수술이 아니라는 설명과 함께 안면신경마비, 피부 괴사, 뇌막염 같은 무시무시한 후유증의 가능성이 있다고 쓰여 있었다. 모든 수술에는 으레 그런 주의 사항이 딸려온다는 것을 알면서도 보호자 서명을 하는 손이 덜덜 떨렸다. 입원 수속을 마치고 얼마 후 간호사가 입원실로 들어와 아이의 왼쪽 귀 주변의 머리카락을 짧게 깎았다. 수술을 받게 될 부위였다. 머리카락 아래에 감추어져 있던 피부가 훤히 드러나자 마치 내 살이 도려내진 듯했다.

다음 날 아침 일찍 아이는 이동식 침대에 실려 수술실로 들어갔다. 이 모든 상황이 마냥 신기한지 엄마와 떨어지면서도 울지 않고 주위를 두리번거리기만 했다. 아무것도 모르는 그 모습에 더 마음이 아려 왔다. 저 작은 아이가 전신마취를 받고 몸에 칼을 대게 되다니. 대기실에 앉아 기다리는 동안 밥도 물도 넘어가지 않았다. 그저 하염없이 두 손 모아 빌고 또 빌었다. 수술이 무사히 끝나기를, 그리고 부디 기적이 일어나기를.

마치 사흘 같은 세 시간이 지났다. 수술실 앞 모니터에 아이가 수술을 마치고 회복실로 옮겨졌다는 안내가 떴다. 안도감과 불안감을 동시에 안고 회복실에 들어갔다. 아이는 머리에 붕대를 칭칭 감은 채 울고 있었다. 왼쪽 귀는 찜질방 양머리 수건처럼 동그란 붕대로 싸여 있었는데 머리의 거의 절반만 한 크기였다. 아이의 목소리는 마취가 덜 깬 데다 너무 울어서 잔뜩 쉬어 있었다. 내 눈에서도 눈물이 왈칵 터져 나왔다. 얼른 아이를 품에 안았지만 아이의 울음은 멈추지 않았다. 나는 아이를 달래며 속삭였다.

"정말 미안해. 엄마가 미안해. 그래도 이제 들을 수 있을 거야. 엄마랑 같이 이쁜 소리 듣자."

의사 선생님은 수술이 잘되었으니 회복하고 재활하는데 집중하면 된다고 말했다. 실낱같이 가느다란 희망이나마 이어 갈 수 있어 다행이었다.

일주일이 넘는 입원 기간 동안 아이는 자꾸만 울었다. 다른 환자들 눈치가 보여 도저히 병실 안에 있을 수가 없었다. 유아차에 아이를 태우고 병원 로비를 돌고 또 돌며 밤을 꼬박 새웠다. 가까스로 아이가 잠들면 병실에 눕혔다가 잠이 깨어 울면 다시 병원 로비로 나오는 생활의 반복이었다. 내 몸이 피곤한 것쯤이야 얼마든지 참을 수 있었지만 아이가 울며 아파하는 것은 견디기 힘들었다.

수술 자체가 성공적이라고 해서 끝이 아니었다. 수술 부위가 아물기까지 한 달 넘게 기다린 다음, 이제 외부장치를 착용하고 매핑을 할 차례가 왔다. 매핑이란 외부장치가 개인의 청력에 잘 맞는 전기 신호를 보내도록 프로그래밍하는 것이다. 시력에 맞게 도수를 조절해 가며 안경을 맞추는 것과 비슷한데, 그보다 시간이 훨씬 많이 걸린다. 처음부터 청력에 딱 맞게 설정하면 너무 시끄럽게 들리기 때문에 일단은 출력이 작게 나오도록 했다가 점점 올리는 방식으로 진행된다. 매핑이 완료되기 전에는 도수에 맞지 않는 안경을 쓰고 있는 셈이라 할 수 있다.

첫 매핑을 하던 날 청능사 선생님이 말했다.

"아무래도 오늘은 첫날이니까 아이가 소리 반응이 없을 수도 있어요."

인터넷 커뮤니티에서 다른 부모님들의 수술 후기를 본 터라 이미 잘 아는 사실이었다. 처음부터 큰 기대는 하지 말자고 다짐했다. 하지만 마음속 깊은 곳에서는 소리 반응이 있기를 얼마나 간절히 바랐던가.

청능사 선생님은 아이가 착용한 외부장치로 전기 신호를 들여보냈다. 그때마다 아이는 얼굴을 찡그리며 칭얼칭얼했다. 머리와 귀에 알 수 없는 무언가를 다는 것도 불편한데 생소한 자극까지 느껴지니 짜증이 났을 것이다. 하지만 그러다가도 중간중간 옹알이 비슷한 소리를 냈다.

'아이가 듣고 있구나.'

기적이 일어난 것일까. 눈물이 핑 돌았다.

하지만 기쁨은 오래가지 않았다.

무너진 기대를 안고

본격적인 재활이 시작되었다. 아이를 데리고 처음 언어치료실을 방문하던 날 내 마음은 기대감으로 두근두근했다. 언어치료사 선생님은 바구니에 악기를 잔뜩 담아 들어왔다.

"자, 이제 소리 한번 들어 볼까?"

아이는 내 무릎에 앉아 있었다. 언어치료사 선생님은 아이 뒤편에서 북을 두드리고 종을 쳤다. 요란한 소리가 언어치료실 안을 가득 채웠지만 아이는 돌아보지 않았다. 약간이라도 움찔하는 기색조차 없었다. 멀뚱멀뚱 앞을 바라볼 뿐이었다.

아이의 행동이 알려 주는 사실은 명백했다. 소리를 인

식하지 못한다는 것. 기대감이 실망감으로 바뀌었다. 그 변화가 내 표정에 그대로 드러났는지 언어치료사 선생님이 나를 달래며 설명해 주었다.

"어머니, 괜찮아요. 오늘은 첫날이잖아요. 아이가 아직 소리에 대해 몰라서 그럴 수 있어요. 소리를 들어 본 경험이 없는 아이들은 소리가 들리더라도 이게 소리인 건지, 어떻게 반응해야 하는 건지 모르거든요. 그래서 '이게 소리야. 소리에는 이렇게 반응해야 해' 하고 차근차근 알려 줘야 해요."

그다지 걱정할 일이 아니라는 듯 침착한 말투였다. 언어치료사 선생님의 말에 사그라들었던 기대감이 되살아났다.

희망을 담보하기 힘든 상황이지만 그래도 희망이 존재한다고 믿었다. 아무리 아이의 상태가 심각하다고 해도 열심히 재활하다 보면 분명히 변화가 있을 거라고. 인공와우 외부장치를 항상 착용해야 하는 불편함이 있긴 해도 보통 사람들과 비슷하게 듣고 말할 수 있을 거라고. 녹록치 않은 과정이 되리라는 점은 예상하고 있었다. 하지만 그 과정을 기꺼이 감수할 각오도 되어 있었다.

아이에게 필요한 것은 청각 재활만이 아니었다. 아이는 운동 발달이 전반적으로 눈에 띄게 더뎠다. 돌 무렵에 걷는 경우도 많다던데, 걷지는 못해도 무언가 붙잡고 스스로 일어서는 것이 일반적이라던데 아이는 돌사진을 찍을 때조차 혼자 앉아 있지 못해서 붙잡아 주어야 했다. 재활의학과에서는 특별한 문제가 없으니 시간이 지나면 해결될 거라고 진단했다. 하지만 엄마로서 마냥 기다리고만 있을 수는 없었다. 운동 발달이 느린 아이들을 위한 물리치료도 시작했다.

시각이 과도하게 예민한 것도 문제였다. 청각이 발달하지 못하다 보니 대신 시각에 집중하게 된 것이다. 소리에 아무 반응이 없는 것과 대조적으로 아이는 반짝이는 불빛이나 일렁거리는 색깔에는 엄청나게 집착하며 눈을 떼지 못했다. 언어치료실에서도 눈앞에서 무언가 약간의 변화가 생기면 집중력이 흐트러지곤 했다. 그래서 하게 된 것이 감각통합치료였다.

누군가 어떤 재활치료를 권하면, 다른 아이가 어떤 재활치료를 받고 있다고 하면 귀가 솔깃해졌다. 아이에게 조금이라도 도움이 되겠지 하는 기대로 하나씩 하나씩 재활 수업을 추가해 갔다. 음악치료, 미술치료, 놀이치료, 인지치료, 작업치료, 특수체육……. 그 또래가 받는 재활치료들 중에서 안 해 본 치료가 없다시피 했다.

하지만 재활이 계속될수록, 특히 언어치료실을 방문하는 횟수가 늘어날수록 분명히 알 수 있었다. 아이의 발달은 다른 아이들에 비해 훨씬 느렸다. 언어치료사 선생님도 아이가 느린 편이라고 조심스럽게 말했지만 엄마인 내가 느끼는 체감 속도는 느려도 너무 느렸다. 거의 제자리걸음 같았다.

언어치료실을 오래 드나들다 보니 비슷한 시기에 인공와우 수술을 받은 또래 아이들을 종종 보게 되었다. 엄마들끼리 낯이 익어 인사도 하고 친분을 쌓기도 했다. 그 아이들은 수술을 받고 1년쯤 지나자 조금씩 단어를 말하기 시작했다. 짧은 문장을 말하기도 했다. 아직 그만큼 말을 하지는 못한다 해도 "엄마 어디 있니?" 하고 물으면 손가락으로 엄마를 가리켰다. 소리를 듣고 언어를 이해하는 것이 분명했다. 2년쯤 되니 문장이 제법 길어지는 데다 발음도 정확해졌다. 지금 무슨 말을 하는지 거의 다 알아들을 수 있었다.

조그마한 머리 한쪽에 인공와우 외부장치를 착용한 채 자기 감정이나 요구를 종알종알 표현하고 어른들의 질문에 열심히 대답하는 아이들을 보다 보면 감동이 밀려왔다. 그러다가도 내 아이에게 눈을 돌리는 순간 마음이 무너졌다. 달라도 너무 달랐다. 다른 아이들의 반의반도 따라가지 못했다.

그 시간 동안 아무런 진전도 없었던 것은 아니다. 생후 21개월에 접어든 첫날이었다. 언제 첫 걸음마를 할지 도무지 예상할 수 없던 아이가 갑자기 걸음을 떼는가 싶더니 한꺼번에 내리 열 걸음을 걸었다. 거실에서 현관문까지 이어지던 그 걸음 하나하나가 슬로모션 장면처럼 느껴졌다.

"어머나, 걸어! 진짜로 걸어!"

그날부터 아이는 쉬지 않고 뒤뚱뒤뚱 걸어 다니며 온 집 안을 탐색했다. 뒤늦은 첫 걸음마를 만회하기라도 하려는 듯.

느닷없이 걷기 시작한 것과 마찬가지로 아이는 느닷없이 입을 열었다. 언어치료실에서 여느 때와 비슷한 수업을 받고 있었는데 아이가 문득 나를 쳐다보며 "엄마" 하고 말했다. 태어난 지 30개월, 인공와우 수술을 받은 지 15개월

만에 드디어 의미 있는 단어를 말한 것이다. 너무 놀라서 소리를 지르지도 못했다. 그토록 고대해 온 순간인데도 내가 제대로 들은 게 맞나 싶어 멍하니 있었다. 그러다 아이가 다시 한번 "엄마" 하고 말하고서야 정신을 차리고 아이를 와락 껴안았다.

"그래, 엄마야, 엄마!"

드디어 말문이 트인 것이라 믿었다. '엄마'를 말했으니 다른 말들도 줄줄 나올 거라고. 그다음 단어는 무엇이 될까? 아빠? 맘마? 까까?

하지만 걸음마와 달랐다. '엄마' 이후로 다음 단어는 이어지지 않았다. '엄마'가 전부였다. 이 상황을 믿을 수 없었다. 인공와우 수술 전부터 지금까지 꾸준히 언어치료를 받았는데 무언가 확실히 나아져야 하지 않을까. 비가 오나 눈이 오나 한 번도 빠지지 않고 언어치료실을 오간 것에 대한 보상이 있어야 하지 않을까.

의사 선생님의 예상이 맞았다. 인공와우 수술을 받았음에도 아이의 언어 발달은 큰 진전을 보이지 않았다. 나는 받아들여야 했다. 기적은 없었다.

내 존재 전체를 짓누르는 듯한 거대한 실망 속에서도

끊임없이 고민했다. 내가 아이를 위해 지금 할 수 있는 것이 무엇일까. 엄마만이 해 줄 수 있는 것, 엄마라서 더 잘해 줄 수 있는 것이 있지 않을까. 그러다 문득 이런 생각에 사로잡혔다.

'언어치료를 공부해야겠다.'

언어치료학과 대학생이 되다

기왕 공부하는 거 제대로 하고 싶었다. 언어치료를 정식으로 공부할 수 있는 교육기관을 찾아보았다. 언어치료학과가 개설되어 있는 일반 학부나 대학원은 아무래도 직장생활과 병행하며 다니기가 현실적으로 불가능했다. 다행히 몇 년 사이 사이버 대학이 여러 군데 생겼는데 그중 한 곳에서 언어치료학과를 발견했다. 마침 곧 신학기 입학생 모집 기간이었다. 입학 과정은 일사천리로 진행되어 나는 언어치료학과 대학생이 되었다.

그동안 아이를 데리고 꼬박꼬박 언어치료실을 찾긴 했지만 보호자로서 수업을 옆에서 지켜본 것이 전부였다. 언어치료라는 학문을 제대로 알 리 만무했고, 언어치료사라는 직업이 정확히 무슨 일을 하는지에 대해서도 아무 개념이 없었다. 그런 내가 언어치료를 정식으로 공부하게 된 것이다. 내게는 그것이 엄마로서 할 수 있는 유일한 일처럼 느껴졌다. 지금 내 아이에게 가장 중요한 일이 언어치료인데 정작 엄마인 내가 언어치료에 대해 잘 모르니 직접 공부하는 수밖에 없었다. 언어치료를 공부하다 보면 무언가 길이 보이지 않을까. 아이에게 뭐라도 도움이 되지 않을까. 언어치료사 선생님들의 설명도 더 잘 알아들을 수 있지 않을까.

지금 그때를 돌아보면 운명이라는 생각이 든다. 그렇다. 언어치료와의 만남은 내게 운명이었다.

남편은 딱히 응원하지는 않았지만 그렇다고 반대하지도 않았다. 그저 이렇게 말할 뿐이었다.

"당신이 너무 힘들지 않았으면 좋겠어."

사실 남편은 만류하고 싶었는지도 모르겠다. 풀타임으로 직장에 다니랴, 아이의 온갖 재활 수업에 쫓아다니랴, 이미 내 일상은 숨 돌릴 틈도 없었다. 그런데 여기에 언어치료 공부까지 추가하겠다니. 하지만 남편은 내 눈빛에서 읽었을 것이다. 자신이 무어라 말하든 내 결심이 바뀌지 않을 거라는 사실을.

부풀어 오르던 의욕은 대학 강의가 시작되자마자 걱정으로 바뀌었다. 이전에 서점에서 언어치료 전공서적을 펼쳐 보고 어려운 내용이구나 막연히 짐작하긴 했지만, 정식으로 공부하려니 그 난해함이 상상을 초월했다. 전공서적에는 언어와 관련된 신체 기관을 설명하는 생소한 단어며 그림이 가득했다. 호흡부터 발성, 공명, 그리고 뇌와 청각기관의 해부생리까지 분야별로 세세히 익혀야 했다. 말을 할 때 이렇게 많은 신체 기관을 움직여야 한다니. 소리를 들을 때 이렇게 많은 신체 기관을 거쳐야 한다니. 지금내가 의학 책을 펼친 것이 아닌가, 혹시 내가 의대생이 된 것이 아닌가 싶을 정도였다. 언어장애의 종류는 또 어찌나다양한지. 내 아이의 청각장애 외에도 말더듬이나 실어증처럼 내가 접해 보지 못한 생소한 증상이 너무나 많았다.

언어치료 용어들 대다수가 낯선 영어인 것도 힘들었다. 어차피 한국어 용어라도 생소하기는 도긴개긴이긴 했지만. 전공서적에 쓰인 말들이 모두 외계어 같았다. 용어를 읽고 읽어도 돌아서면 새롭고, 또다시 읽어도 돌아서면 또 새로웠다. 내가 학부와 대학원을 거치며 공부했던 정제이를 악물었다.

출퇴근 시간을 쪼개고 잠을 줄여 가며 공부했다.

전공서적이 너덜너덜해지도록

수없이 책장을 넘기고 밑줄을 그었다.

된 문학의 세계는 아무런 도움이 되지 않았다.

'학문'이라는 이름표를 달고서 만만한 것이 어디 있으랴. 언어치료라는 학문도 당연히 호락호락할 리 없다. 그 지극히 당연한 사실을 언어치료학과에 입학하고서야 깨달았다. 엄마로서의 의욕이 앞서 너무 쉽게 결심한 것일까. 하지만 이미 시작해 버린 것을 어쩌겠는가. 해내야만 했다. 이를 악물었다. 출퇴근 시간을 쪼개고 잠을 줄여 가며 공부했다. 전공서적이 너덜너덜해지도록 수없이 책장을 넘기고 밑줄을 그었다.

그런데 이론 공부는 차라리 쉬웠다. 더욱 힘든 것은 실제 언어치료 현장에 직접 가서 하는 관찰과 실습이었다. 직장생활과 병행하기 위해 사이버 대학을 선택한 것인데 관찰과 실습에 들어가는 시간이 생각보다 만만치 않았다. 연차를 써서 겨우겨우 시간을 내어 병원과 언어치료센터를 오갔다.

더욱 힘들기에 그만큼 의미 있는 과정이기도 했다. 학생으로서 경험하는 언어치료는 엄마로서 지켜보던 언어치료와 완전히 다르게 다가왔다. 모든 것이 새롭고 낯설었다. 전에는 언어치료실에서 내 아이가 어떻게 반응하는지에만 신경 썼다. 하지만 학생이 되어 언어치료실에 들어가 보니 언어치료사 선생님이 어떻게 아이들의 현재 상태를 진단하는지, 어떻게 아이들의 심리를 읽어 가며 지도하는지, 어떻게 치료 목표를 세우고 치료 일정을 짜는지 하나하나 눈에 들어왔다. 언어치료를 받는 아이들의 사례도, 언어치료를 적용하는 방법도 다양했다. 언어 발달이 느린 자폐스펙트럼 아이를 데리고 언어치료를 하던 어느 선생님이 지금도 특히 기억난다. 노련하다는 표현이 딱 어울리는 분이었다. 언어치료사의 작은 행동 하나에도 다 이유가 있고 짧은 말 한마디에도 다 의도가 있다는 사실을 알 수 있었다.

그리고 드디어 실습. 말 그대로 실제로 언어치료 수업을 하는 것이었다. 아이들의 상태를 평가하고 계획을 짜는 것까지 모두 내 몫이었다. 지금까지 이론 공부와 관찰을 거치며 키워 온 역량을 총동원해야 했다. 내 첫 실습 대상은 발달장애로 소통이 어려운 다섯 살 아이였다.

"자, 이건 어떤 거지? 찾아볼까?"

"이잉."

"조금만 참고 한번 찾아보자, 응?"

"이이잉이잉."

지금이라면 침착하게 다음 말을 이어 가며 수업을 이끌었을 텐데 그때는 어찌할 바를 몰랐다. 아이가 수업에 몰입하게 하는 것만도 버거운데 아예 수업을 거부하거나 돌발 행동을 하면 더 당황스러웠다. 전공서적에서 익힌 내용이 이리저리 흩어지며 머릿속이 새하얘지는 느낌이었다. 내 아이도 말이 좀처럼 늘지 않아 괴로워하는 내가 과연 다른 아이들에게 제대로 언어치료를 할 수 있을지 스스로에게 의심이 들었다.

부모님들을 만나 상담하는 것도 실습에서 중요한 부분이었다. 처음에는 어렵지 않을 거라 생각했다. 나 역시 언어치료를 받는 아이의 엄마니까 같은 입장에서 편안하게 대화하면 될 줄 알았다. 오산이었다. 단지 공감을 나누면 되는 것이 아니라 부모님들이 수업 내용을 충분히 이해하고 집에서도 적절한 언어 자극을 줄 수 있도록 해야 했다. 그러려면 정말 자세한 설명에다 때로는 간곡한 설득까지 필요했다.

그 와중에 어느 날부터인가 '언어치료를 배우는 엄마'를 찾는 다른 엄마들의 전화가 걸려 오기 시작했다. 의사나 언어치료사는 어렵게 느껴져서 차마 말하지 못한 고민을 같은 처지인 내게 털어놓고 싶었나 보다.

"안녕하세요? 같이 언어치료실 다니는 엄마한테 전화번호를 받아서 연락드리게 됐어요. 혹시 지금 통화 가능하세요?"

"네, 말씀하세요. 어떤 일 때문에 그러세요?"

"저희 애가 말이 너무 늦거든요. 세 살인데도 말을 전혀 안 해요. 병원에서는 다른 걸 해 보라고 권하는데……."

아이를 걱정하는 엄마의 마음을 누구보다 잘 알기에 바쁘다며 매몰차게 끊을 수 없었다. 아이의 상황을 두서없이 늘어놓는 엄마, 자신의 어려움을 하소연하는 엄마, 이야기를 시작하자마자 우는 엄마……. 함께 울기도 하며 통화를 마치고 나면 한두 시간이 훌쩍 지나가 있기 일쑤였다. 저녁에 시작된 통화가 자정을 넘어 새벽까지 이어지기도 했다. 당연히 그다음 날은 더더욱 피곤한 얼굴로 출근해야 했다.

쳇바퀴 같은 일상이었다. 낮에는 직장에서 일하고, 퇴근해서는 아이를 돌보고, 아이가 잠들면 집안일을 하고, 밤늦도록 전공서적과 씨름하거나 관찰과 실습을 준비했다. 당연히 야근과 회식은 꿈도 꿀 수 없었다. 그런 것으로 대놓고 불이익을 주는 직장이 아니라 다행이었지만 동료들에게 미안한 것은 어쩔 수 없었다. 내 아이가 청각장애가 있다는 사실은 아주 가까운 몇 명 외에는 모르는 사실이라 더욱 눈치가 보였다.

그 쳇바퀴가 한동안 멈춘 적이 있다. 둘째 아이가 생겼기 때문이었다. 1년 동안의 휴직과 휴학을 마치고 나는 다시 쳇바퀴를 돌리기 시작했다. 언어 발달이 더딘 아이뿐 아니라 돌쟁이 아기까지 챙겨야 하는 워킹맘이자 학생으로서. 내 인생에서 가장 고되고 치열한 시기였다. 하루하루가 살얼음판 같았다.

아등바등하는 내 모습에 주위에서는 모두 말렸다.

"네 아이 챙기는 것만으로도 힘든데 다른 애들 치료까지 하고 싶니?"

"진짜 언어치료사가 되기라도 할 생각이야? 직업을 바꿀 것도 아니잖아."

아이는 세 돌을 앞두고도 짧은 단어 몇 개만 말할 수 있을 뿐, 문장은 전혀 말하지 못했다. 그나마도 발음이 정확하지 않아서 무슨 말을 하는지 알아듣기 힘들었다. 아이를 만난 여러 언어치료사 선생님들이 하나같이 "참 쉽지 않은 케이스네요"라고 말할 정도였다. 아이 얼굴을 가만히 바라보다 보면 나도 모르게 눈물이 고였다. 내 에너지를 공부가 아니라 아이에게 더 언어 자극을 주고 아이와 더 놀아 주는 데 써야 하는 것은 아닐까.

그래도 버티고 싶었다. 시작했으니 끝을 보자는 마음이었다.

마침내 시작된 변화

내 아이를 위해 기꺼이 감내한 고된 언어치료 공부. 막상 해 보니 아이에게 지금 당장 필요한 정보인 영유아 대상 언어치료는 내가 하는 공부의 극히 일부였다. 하지만 공부를 거듭할수록 알 수 있었다. 언어치료의 모든 분야가 다 아이에게 도움이 된다는 것. 발음을 교정하는 방법에서도, 학령기에 읽기와 쓰기를 도와주는 방법에서도, 발달장애 아동을 대상으로 하는 교육 방법에서도 내 아이에게 적용할 수 있는 점이 보였다.

언어치료에 대한 지식이 점점 쌓이다 보니 평소 생활하며 아이의 사소한 말이나 행동이 예사로 보이지 않았다. 아이가 이런 반응을 보였으니 어떠어떠한 자극을 주어야

겠구나, 아이가 저런 몸짓을 한 것은 어떠어떠한 이유 때문이구나 하는 생각들이 자연스럽게 떠올랐다. 배운 지식을 응용해 직접 적용하기도 했다. 그렇다고 무슨 특별한 방법을 동원한 것은 아니다. 부모가 아이와 함께 있을 때 일반적으로 하는 일들이 언어치료사의 방법들과 크게 다르지 않다는 사실을 깨달았기 때문이다. 단지 다른 부분이 있다면 이유와 목표가 명확하다는 점이었다. "지금 노란색 블록을 뺐어" "밥 다 먹고 물을 마셨네" 하고 아이의 행동을 말로 설명해서 일상생활의 단어들을 알려 주었고, "엄마한테 휴지 가져다줘" "방문 열어 줘" 하고 심부름을 시켜서 아이가 그 단어를 아는지 체크했다.

이러한 엄마표 언어 공부가 얼마나 효과가 있었을까. 아이에게 도움이 되긴 되었을 것이다. 하지만 솔직히 대단한 도움이 되었다고 보기는 어렵다. 아이의 언어 발달은 여전히 지지부진했다.

그럼에도 희망을 놓지 않았다. 오히려 더욱 희망에 매달렸다. 아무리 아이의 상태가 어렵다고 해도 엄마인 내가 열심히 하고 아이가 열심히 하면 어떻게든 될 거라는 희망. 그러다 보니 아이를 자꾸 몰아갔다. 늦은 밤까지 아이를 앉혀 놓고 듣기 연습, 말하기 연습을 시켰다. 그러다 아이 앞에서 한숨을 토해 내기도 하고 눈물을 흘리기도 했다. 아이를 매섭게 혼내는 일도 잦았다.

그렇게 몇 년의 시간을 보냈다. 희망과 절망이 혼재한 그 시간을 지나며 언어치료 공부가 내게 가르쳐 준 것은 아이를 객관적으로 보는 눈이었다.

안 그래도 성격이 급한 편인 나는 의욕이 앞선 나머지 언어 자극의 양을 늘리는 것에 집착했다. 언어 발달에 어려움을 겪는 아이에게 언어 자극은 당연히 중요하다. 하지만 언어 자극을 무작정 많이 주는 것이 능사는 아니다. 아이의 반응을 기다리는 것도 언어 자극 못지않게 중요하다. 그래야 아이의 상태를 정확히 판단할 수 있고, 그다음에 어떤 언어 자극을 줄지 적절히 선택할 수 있다. 이 사실을 깨닫고 아이 앞에서 조급해지는 마음을 다독이려 애썼다. 언어치료 일정도 조금 여유롭게 조정했다.

내가 놓지 않으려 한 희망의 이면에는 아이의 한계를 인정하지 않으려는 마음이 자리하고 있었다. 하지만 한계는 분명히 존재했다. 인공와우 외부장치를 빼면 아예 듣지 못하는 아이이고, 외부장치를 착용한다 해도 잘 듣지 못하는 아이가 아닌가. 피아노의 건반 수를 늘릴 수 없듯, 핸드폰의 용량을 늘릴 수 없듯 아이가 가진 한계는 넘고 싶다고 넘어설 수 있는 것이 아니었다. 아무리 발버둥 친다 한들 다른 평범한 아이들과 똑같아질 리 없었다. 아이의 한계를 감안해 현실적인 목표와 방법을 새로 세웠다. 듣기 자체가 힘드니 입 모양을 읽을 수 없는 전화 통화는 불가능할 것이다. 그러니 다른 공간에 있는 사람과 소통할 수 있는 다른 방법을 찾아보자. 발음을 완벽한 수준까지 교정할 수는 없을 것이다. 그러니 천천히 말하도록 지도하자. 영어를 배울 때 듣기와 말하기는 어려울 것이다. 그러니 읽기와 쓰기에 더 집중하게 하자.

아이의 객관적 한계를 인정하기란 고통스러웠다. 엄마로서 아이를 포기하는 것은 아닌가 고민하고 또 고민했다. 하지만 언어치료를 받는 시간이 쌓이고 쌓여도 그 끝이 보이지 않았기에 결국 인정할 수밖에 없었다. 그러고 나니 오히려 마음이 편해졌다.

그사이에도 아이는 한 살 한 살 자라나 어느덧 유치원에 들어갔다. 청각장애 학생들을 위한 특수학교로, 유치원부터 고등학교까지의 과정을 운영하는 곳이었다. 유치원

입학을 앞두고 우리 가족은 그 근처로 이사까지 했다. 그만큼 아이의 첫 단체 생활에 대해 걱정이 컸다. 아이를 유치원에 보내며 긴장하지 않는 엄마가 어디 있을까만, 아무래도 조금 특별한 아이라 걱정이 한가득이었다. 간단한 의사 표현조차 힘든데 낯선 환경에 잘 적응할 수 있을까. 친구들을 잘 사귀고 어울릴 수 있을까.

내 걱정이 무색하게도 아이는 유치원 첫날부터 선생님과 다른 아이들에게 스스럼없이 다가가더니 아침마다 빨리 유치원에 가고 싶어 방방 뛰었다. 엄마인 나도 아이의 유치원으로부터 도움을 많이 받았다. 재원생이 모두 청각장애 아동이다 보니 선생님들도 학부모들도 청각장애에 대한 이해가 깊었다. 그분들 덕분에 시야를 넓힐 수 있었고 위로와 공감도 얻었다.

유치원에 보내고 나니 자연히 이후의 학업 과정까지 고민하게 되었다. 청각장애 아이들의 진학은 크게 두 갈래로 나뉜다. 특수학교인가, 일반학교인가. 부모들은 기왕이면 내 아이가 일반학교에 입학하기를 바란다. 비장애 아이들과 함께 수업을 들을 수 있을 만큼 듣기와 말하기가 어느 수준 이상 된다는 의미니까. 나 역시 그런 바람을 가지고 있었다. 하지만 현실적인 선택은 특수학교가 되리라 예상했다. 애초에 특수학교 근처로 이사한 것도 그 점까지 염두에 두었기 때문이었다.

그런데 변화가 일어나기 시작했다.

아이는 어느 날부터인가 한글에 관심을 보였다. 이곳 저곳에 적힌 한글을 짚으며 궁금해할 때마다 몇 번 알려 주었더니 금세 한글을 깨쳤다. 소리 내어 정확하게 읽지는 못하지만 혼자 읽고 이해하는 데는 무리가 없었다. 쓰는 것도 제법 잘했다. 언어 발달이 늦은 것과는 대조적으로 너무나 빠른 속도였고 평범한 아이들과 비교해도 무척이나 빠른 시기였다. 평소 시각적 요소에 민감했으니 한글도 더 잘 익히는구나 싶었다. 기특하긴 했지만 이때까지만 해도 큰 의미를 두지는 않았다.

그동안 말을 잘하지 못해 답답했던 마음을 해소하기 위해서였을까. 한글을 깨친 아이는 책에 몰두했다. 그전에도 내가 자주 책을 읽어 주곤 했는데 이제는 아이 혼자 책을 붙잡고 눈을 떼지 않았다. 그러더니 점차 아이가 말하는 어휘가 늘어나고 발음이 좋아졌다. 엄마인 나 혼자만 느낀 것이 아니었다. 유치원 선생님과 언어치료사 선생님도 깜짝 놀랄 정도였다. 몇 달이 지나자 제법 긴 문장까지 무리 없이 구사했다.

그 즈음 6개월마다 정기적으로 하는 언어 평가가 있었다. 평가 결과는 또래와 비슷한 수준이라는 것. 물론 듣기와 말하기가 완벽하다고 할 수는 없지만 일반적인 교육 과정을 소화하기에는 무리가 없다는 진단이었다. 비현실적인 목표와 무리한 기대를 내려놓은 다음에야 찾아온 이 변화가 믿기지 않았다. 지금 돌이켜보아도 신기하다. 한글 읽기가 언어 발달에 큰 자극이 되었다는 점은 확실하지만 꼭 그것 때문만은 아닐 것이다. 아이가 여러 치료실에서 보낸 시간, 집에서 엄마와 함께 훈련한 시간, 특수유치원에서 활동한 시간이 켜켜이 쌓여 변화로 향하는 길이 다져졌으리라 믿는다.

어쩌면 아이를 특수학교가 아닌 일반학교에 보낼 수 있겠다는 생각이 들었다. 그래서 아이는 여섯 살에 새로운 도전을 시작했다. 특수유치원을 떠나 장애 아동과 비장애 아동이 함께 다니는 통합어린이집으로 옮긴 것이다.

선택의 갈림길에서

통합어린이집에 처음 간 날 깜짝 놀랐다. 너무 시끄러워서. 아이들의 재잘거림이 어린이집 안을 가득 채우고 있었다. 아이의 환경이 얼마나 급격히 달라지는지 실감이 났다. 특수유치원에 입학할 때도 걱정되었지만 이번에는 몇 배로 더 걱정되었다.

통합어린이집에는 담임 선생님 외에도 장애 아이를 전담하는 특수 선생님이 있다. 장애 아이와 비장애 아이가 한 공간에 있는 때, 특히나 아이들의 나이가 어릴 때 그곳의 분위기는 선생님에 따라 좌우된다고 해도 과언이 아니다. 비장애 아이들은 선생님이 장애 아이를 대하는 태도를 보고 그대로 따라 하고, 장애 아이들은 선생님이 칭찬해 주는 대로 움직인다. 아이들이란 워낙 순수하고 악의나 선입견이 없는 존재이기에 어른들의 우려보다 쉽게 서로 돕고 상대방을 받아들이는 것이다. 그만큼 선생님의 역할이 중요하다.

아이는 친구들에게 관심이 많았고 친구들의 관심을 받고 싶은 마음도 컸다. 그런데 비장애 아이들과 어울린 경험도, 또래들과 말로 소통한 경험도 부족하다 보니 과도한 행동을 보일 때가 잦았다. 같이 놀자고 말하는 대신 다짜고짜 팔을 잡아당기는 식이었다. 자칫하면 말을 이상하게 하는데 예의 없고 나대기까지 하는 친구로 비칠 수도 있었다. 통합어린이집에서 만난 두 선생님은 그런 아이의 장점과 부족한 점을 모두 살펴보고 많은 도움을 주었다. 지금도 그 두 분을 떠올리면 감사한 마음이 벅차오른다. 특수 선생님은 항상 아이를 격려하며 이끌어 주었다. 아이가 스스로 조절하고 직접 해내도록 지도해 주었고 아이가 친구들에게 말을 걸 수 있도록 기다려 주었다. 담임 선생님은 아이와 비장애 친구들 사이를 중재해 주었다. "듣는 게 어려워서 그래. 조금만 천천히 말해 주면 알아들을 수 있을 것 같은데?" 하고 비장애 아이들이 이해할 수 있도록 설명해 주었다.

훌륭한 선생님들 덕분에 아이는 별 탈 없이 통합어린이집을 졸업했다. 졸업할 무렵에는 그사이 말이 더욱 늘어 일상적인 대화는 웬만큼 할 수 있을 정도였다. 그럼에도 일반 초등학교와 특수학교 사이에서 선택을 내리기 힘들었다. 아이의 언어 수준을 감안해 초등학교 입학을 1년 늦추었지만 여전히 걱정이 컸다. 초등학교에서는 본격적으로 학습이 시작되는데 듣기가 온전하지 않은 아이가 수업을 잘 따라갈 수 있을까. 어린이집보다 훨씬 규모가 크고 엄격한 단체 생활을 해낼 수 있을까. 왕따 같은 험한 일을 겪게 되지는 않을까.

고민에 고민을 거듭한 끝에 결국 일반 초등학교를 선택했다. 특수유치원에 갈 때도, 통합어린이집에 갈 때도 아이는 엄마의 기대를 뛰어넘지 않았던가. 이번에도 아이를 믿어 보기로 했다.

초등학교 입학식 날이 왔다. 강당에서 다른 아이들과 일렬로 나란히 서 있는 아이를 멀찍이서 바라보았다. 아이가 태어난 후로 겪은 일들이 머릿속에 스쳐 지나갔다. 평범한 삶으로부터 멀어진 시간들이었다. 그런데 지금 이 순간 학부모가 되어 아이의 입학식을 지켜보고 있다니, 이 얼마나 평범한 삶의 모습인가.

물론 많은 학생들 중에서 유일하게 아이의 머리에만 달린 인공와우 외부장치는 앞으로도 평범하지 않은 일들이 계속될 것을 예고하고 있었다. 하지만 평범한지, 평범하지 않은지는 이미 내게 중요하지 않았다. 아이가 이 자리에 있는 것은 이렇게밖에 표현할 수 없었다. 기적. 이 기적이 감사할 뿐이었다.

아이가 초등학생이 된 후 나는 선택의 기로에 섰다. 언어치료 공부를 얼마나 더 할 것이며 언제까지 할 것인가. 공부를 마치고 나면 어떤 일을 해야 하는가. 지금까지 직장에서 해 온 일인가, 아니면 언어치료사의 일인가.

꾸역꾸역 공부하다 보니 어느새 석사 과정을 밟고 있었다. 대전에 있는 학교에서 수업을 듣기 위해 일주일에 이틀씩 꼬박꼬박 기차를 탔다. 유연근무제를 이용해 평소보다 조금 일찍 퇴근한 다음, 곧장 서울역에서 대전행 KTX를 타고 내려가 대학원 수업을 듣고, 다시 서울행 KTX에 몸을 실었다. 한밤에 집에 들어가면 아이는 곤히 자고 있고 다음 날 학교에 메고 갈 가방이 현관 앞에 놓여 있었다. 그 가방을 볼 때마다 코끝이 찡해졌다.

대학원을 다니면서도 한참 동안 결론을 내리지 못했다. 지금처럼 언어치료를 잘 아는 엄마로서의 삶도 괜찮은 것 같았다. 내가 가진 지식이 내 아이에게 도움이 되고, 간간이 나를 찾는 다른 부모들에게 힘이 된다면 그것으로 충분하지 않나. 하지만 자꾸 마음속 깊은 곳에서 다른 목소리가 들려왔다.

'진짜 전문가가 되고 싶다. 말 때문에 어려움을 겪는 사람들과 진심으로 소통하는 진짜 언어치료사가 되고 싶다. 내가 배운 것을 기꺼이 나누고 함께 고민하는 사람이 되고 싶다.'

경제적인 면을 감안하면 쉽지 않은 결정이었다. 아니, 해서는 안 되는 결정이었다. 초임 언어치료사는 소규모 기관에 재직하거나 비정규직 또는 프리랜서인 경우가 많다 보니 보수가 높지 않고 직업적 안정성도 떨어진다. 정년이 보장되는 직장 그리고 연차에 맞추어 높아진 연봉을 뒤로 하고 언어치료사가 되면 월급이 반 토막 나는 데다 미래도 불투명할 수밖에 없었다.

하지만 돈은 둘째 문제였다. 더 고민이 되는 것은 언어치료사로서 내가 가진 가능성이었다. 과연 잘해 낼 수 있을까. 전문가라는 위치와 청각장애 아이의 엄마라는 위치 사이에서 균형을 잘 잡을 수 있을까. 그동안 쌓아 온 경력을 모두 내려놓고 처음부터 새롭게 시작할 수 있을까.

고민할수록 결론은 확고해졌다. 내가 아니면 누가 하겠냐는 거창한 소명 의식은 아니었다. 그저 마음이 이끄는 대로 움직였을 뿐이다.

퇴근한 남편에게 아무렇지도 않게 툭 말을 건넸다.

"나 직장 그만두고 언어치료사 되고 싶은데."

남편은 나를 한번 슥 쳐다보더니 덤덤하게 대답했다.

"그래, 그렇게 해."

예상한 반응이었다. 아이를 키우는 동안 남편은 늘 그랬다. 단 한 번도 나를 채근하지 않고 묵묵히 제자리를 지켰다. 남편이 그렇게 대답하리라는 사실을 이미 알았기에 내가 과감히 도전을 선택할 수 있었을 것이다.

직장을 그만두고 언어치료사가 되겠다고 하니 지인들은 정색을 하며 말렸다.

"아니, 정년까지 다닐 수 있는 직장을 그만둔다고? 진심이야?"

"언어치료사 일은 박봉이라며? 감수할 수 있겠어? 다시 생각해 봐."

언어치료 공부를 시작한 후로 줄기차게 받았던 질문도 여전했다.

"근데…… 언어치료사 그거 뭐 하는 직업이야?"

이 역시 예상한 반응이었다. 의도치 않게 언어치료라는 세계를 만나지 않았다면 나 역시 똑같이 말했으리라.

마지막으로 알린 사람은 부모님이었다. 한평생 교사로 일한 분들이다 보니 안정적이지 않은 직업에 거부감이 크셨다. 더구나 평소 딸이 남들처럼 평범하게 살지 못한다며 안타까워하셨다. 오죽하면 "우리 집에서 걱정거리는 큰손주 하나다"라는 말씀을 입에 달고 사셨을까. 역시나 부모님은 딸의 선택을 달가워하지는 않으셨다. 하지만 결국 이런 말씀으로 응원해 주셨다.

"잠시 쉬어 가는 것도 괜찮다. 애들 키우면서 공부하고 직장 다니느라 너무 열심히 살았다 아이가, 우리 딸."

부모님에게 언어치료사 일은 진짜 일이 아니라 휴식이었던 셈이다. 섭섭하지는 않았다. 그렇게 생각해야 부모님 마음이 조금이라도 더 편하다면 뭐 어떠랴.

직장에 사직서를 냈다. 언어치료 공부를 한다는 것도, 언어치료사가 되려 한다는 것도 아주 친한 몇몇 동료에게만 알린 터라 내 퇴사 소식에 직장 사람들은 깜짝 놀랐다. 10년이 넘는 시간 동안 직장생활을 하며 좋았던 기억, 고마웠던 기억이 많았다. 이 직장이 아니었다면, 이 동료들이 아니었다면 일을 하며 동시에 육아에다 공부까지 하기란 불가능했을 것이다. 요즘도 가끔 당시 직장 동료들을 만나는데 언제나 참 고맙고 든든하다.

그렇게 나는 언어치료사가 되었다. 정식 언어치료사로서 처음 맡은 아이는 만 세 살 주희였다. 첫날 주희가 문을 열고 들어오는 순간 얼마나 두근거렸는지 모른다. 말은 다소 느리지만 낮도 가리지 않고 의욕도 높아서 초보인 내가 오히려 도움을 받는 기분이었다. 주희를 시작으로 많은 아이를 만났다. 내 아이의 어릴 적 모습을 떠올리게 하는 아이들, 내가 했던 것과 똑같은 걱정을 하는 부모님들. 부족한 언어치료사인 나를 믿고 따라 준 아이들과 부모님들의 얼굴을 하나하나 떠올리면 가슴 한편이 뭉클해진다. 그동안 아이들의 변화를 함께하며 내가 얻은 보람의 크기는 상상했던 것 이상이다.

어떻게 해서 언어치료사가 되었느냐는 질문을 종종 받는다. 내 대답은 언제나 같다.

"그게요, 어쩌다 보니."

정말 어쩌다 보니 언어치료사의 길을 걷게 되었다. 시작은 아이 때문이었지만 어느 순간부터 아이 때문만은 아니었다. 지금은 내가 언어치료사로 일하고 있다는 사실에 감사할 뿐이다.

오늘도 나는 언어치료실에 간다. 그리고 희망과 절망, 그 사이에서 끊임없이 줄다리기를 하며 긴 터널을 지나고 있는 아이들을 마주한다.

"안녕, 나는 언어치료사 장재진 선생님이야."

오늘도 나는 언어치료실에 간다.
그리고 희망과 절망, 그 사이에서
끊임없이 줄다리기를 하며 긴 터널을 지나고 있는
아이들을 마주한다.

2부   아이들과
         눈높이를
         맞추면

10년 후를 약속한 커피 쿠폰

　낙엽이 떨어지는 늦가을에 만난 여섯 살 정원이는 눈
이 반짝반짝 빛나는 아이였다. 언어치료실에 들어오자마
자 "안녕하세요!" 하고 밝은 목소리로 인사했다. 그러고는
이곳저곳 탐색하며 명랑하게 말을 걸어왔다.
　"와, 신기한 장난감 많다!"
　"이게 뭐예요?"
　"이건 뭐 하는 거예요?"
　"어, 이건 우리 집에도 있어요!"
　정원이의 목소리에서는 약간 쉰 듯한 소리가 났다. 그
러면서 군데군데 발음이 미묘하게 거슬렸다. 하지만 전체
적인 모습은 영락없는 그 또래 개구쟁이였다.

정원이를 바라보는 엄마의 표정은 아들과 대조적으로 어두웠다.

"애가 말하는 문장이 길어지면서 제가 발음을 못 알아듣고 되묻는 일이 많아졌어요. 뭐라고 말했냐고 자꾸 묻다 보니까 애가 몇 번 대답하다가 결국 짜증을 내요. 얼마 전에는 '엄마는 내 맘 몰라' 하고 눈물까지 글썽이더라고요. 그걸 보고 안 되겠다 싶어서 여기까지 데려오게 된 거예요. 언어치료를 얼마나 받으면 괜찮아질까요?"

어느 정도 대화가 가능한 아이라면 나는 우선 표정과 눈빛을 주의 깊게 본다. 언어 발달이 얼마나 늦는지, 발음이 얼마나 나쁜지, 태도가 얼마나 산만한지 살펴보고 검사하는 것도 물론 중요하다. 하지만 내가 더 중요하게 여기는 것은 표정과 눈빛을 통해 아이의 마음을 들여다보는 일이다. 그것이 언어치료의 시작이라 믿기 때문이다.

엄마는 정원이의 발음을 걱정했지만 내가 듣기에는 심각할 정도로 나쁘지는 않았다. 다만 ㅅ, ㅆ, ㅈ, ㅉ, ㅊ 발음이 조금 어색했다. 이 발음이 들어간 단어를 말할 때마다 정원이가 내 눈치를 보며 잘 발음하려고 애쓰는 티가 났다. 안타깝게도 정원이의 의도와 정반대로 그런 노력이 발음을 더 어색하게 만들고 있었다. 엄마에게 반복해서 지적받다 보니 자기 발음을 지나치게 의식하게 된 것이 아닐까 싶었다.

아이들의 발음은 천천히 발달한다. 처음에는 입술만 붙였다 떼면 되는 소리인 ㅁ, ㅂ에서 시작해 나중에는 혀를 많이 움직여야 하는 ㄹ, ㅅ 같은 어렵고 복잡한 소리로 나아가게 된다. 그러다 보통 네 살이 되면 낯선 사람이 들어도 알아들을 수 있을 만큼 발음이 명료해진다. 이러한 발달이 덜 이루어졌다면 발음이 불완전할 수밖에 없다. 원인은 다양하다. 말이 늦게 트여 그동안 정확한 발음을 연습할 시간이 부족해서일 수도 있고, 말하기 위해 필요한 근육을 움직이거나 언어를 인식하는 데 어려움이 있어서일 수도 있다. 정원이의 경우는 혀의 움직임이 다소 둔한 상태에서 심리적 압박감 탓에 도리어 나아지지 못하고 있는 것으로 보였다.

"정원아, 선생님 입 한번 볼래? 라—디—오."

나는 '라디오'의 ㄹ 발음을 하며 혀를 과장되게 앞으로 쑥 내밀었다. 그 모습에 정원이는 깔깔거리며 웃었다.

"선생님 진짜 웃겨요!"

순간적으로 '진짜'의 발음이 약간 꼬이면서 나왔다. 하지만 잘하려고 애쓰는 억지스러운 발음보다 오히려 더 자연스러웠다.

"지금 어땠어? '진짜'라고 말할 때 말이야."

"네? 어……."

내 질문에 정원이는 당황해했다. 자기가 그렇게 말했다는 것 자체를 미처 인식하지 못한 듯했다.

"정원아, 네가 발음을 너무 잘하려고 하니까 아까 선생님이 '라디오'라고 말할 때 같은 거야. 억지스럽게 하면 더 어색해질 수 있어. 지금처럼 신나게 말하는 게 좋아."

정원이와 약속했다. 내게 잘 보이려 무리하지 말고 편하게 말하기, 말할 때 입을 크게 벌리거나 과장해서 발음하지 않기. 그리고 엄마와도 약속했다. 정원이가 발음할 때마다 일일이 지적하지 않기, 정확한 발음을 했을 때는 무조건 칭찬해 주기.

그렇게 정원이와의 수업이 시작되었다. 정원이는 다양한 방식으로 발음 연습을 했다. 혀의 위치를 잡기 위해 나와 함께 거울을 들여다보며 ㄹ을 발음해 보기도 하고 입술을 동그랗게 만들어 모음 ㅜ, ㅗ를 정확하게 발음해 보기도 했다. 또 카드에 쓰인 단어를 읽어 보기도 하고 그 단어를 가지고 문장을 만들어 보기도 했다. 정원이가 힘들어하거나 지겨워하지 않도록 때로는 발음을 활용한 놀이나 게임도 했다. 발음 연습은 반복이 많기에 도중에 싫증을 내는 아이들이 많다. 하지만 대견하게도 정원이는 이 모든 과정을 잘 참고 견뎌 주었다.

"선생님, 이거 받으세요!"

정원이는 수업 시간마다 무언가를 들고 왔다. 평소 좋아하는 장난감, 또래 아이들에게 유행한다는 젤리, 자기 모습을 그린 종이⋯⋯. 어느 날은 마술 도구를 꺼내더니 그럴듯한 표정까지 지어 가며 마술을 보여 주기도 했다. 정원이가 가져온 물건을 가지고 수다스럽게 이야기를 나누는 것은 정원이와의 수업에서 빼놓을 수 없는 시간이 되었다. 정원이는 언어치료실에 들어오면 처음에는 의욕이 앞서서 과장된 발음이 나오곤 했지만, 이 시간을 통해 긴장을 풀고 한결 편안하게 수업을 받았다.

"선생님은 제 이야기가 재밌어요? 발음 때문에 이상하진 않아요?"

정원이가 가끔 생각난 듯 물어보면 나는 활짝 웃어 보

이며 대답했다.

"응, 재밌어! 엄청!"

나라고 아이에게 거는 기대가 엄마와 다를 리 있겠는가. 하지만 힘을 빼고 아이를 대하기는 엄마보다 쉽다. 훈련받은 직업인이기에 가능한 일이다. 그래서 아이가 조금만 잘해도 칭찬의 말, 격려의 말을 건넬 수 있다. '이렇게 하면 칭찬받을 수 있구나' '이 정도만으로도 충분하구나' 하는 생각이 들면 아이는 성취감을 느끼게 된다. 눈빛이 달라진다. 그러다 마침내 해냈을 때 아이의 얼굴에는 뿌듯한 표정이 떠오른다. 그다음부터는 수월해진다. 바로 그 순간 아이와 나의 신뢰가 시작되기 때문이다.

정원이의 발음은 빠르게 나아졌다. 나까지 깜짝 놀랄 속도였다. 그 덕분에 예정했던 일정보다 조금 일찍 언어치료를 종결하게 되었다.

다시 가을이 시작될 무렵에 마지막 수업이 있었다. 그날도 정원이는 무언가를 주섬주섬 꺼냈다. 받아 보니 네모반듯하게 접은 색종이 한 장이었다.

"선생님, 저 10년 뒤에 선생님께 커피 사 드리러 와도 돼요?"

다시 가을이 시작될 무렵에 마지막 수업이 있었다.

그날도 정원이는 무언가를 주섬주섬 꺼냈다.

받아 보니 네모반듯하게 접은 색종이 한 장이었다.

"선생님, 저 10년 뒤에 선생님께 커피 사 드리러 와도 돼요?"

색종이를 펴 보았다. 컵이 그려져 있고 그 옆에 정원이의 이름 석 자가 삐뚤빼뚤 적혀 있었다. 펜으로 휘갈긴 알 수 없는 낙서도 함께였다. 아마도 사인인 듯했다.

"이게 뭐야? 커피 쿠폰이야?"

정원이는 배시시 웃으며 고개를 끄덕였다. 정성이 담뿍 들어간 정원이의 색종이 쿠폰은 나를 세상에서 가장 행복한 언어치료사로 만들어 주었다.

10년이 흐른 뒤에 정말로 정원이는 내게 커피를 사 주러 올까? 그때면 정원이는 중학생이 되어 있을 텐데 나를 기억하긴 할까? 알 수 없다. 그리고 어느 쪽이든 상관없다. 중요한 건 지금 이 순간 색종이 한 장으로 우리 마음이 연결되었다는 사실이다.

아이들은 내게 말해 준다. 어른들을 실망시키고 힘들게 만들고 싶은 아이는 없다고. 아이의 마음을 읽어 주지 못하는 어른들이 있을 뿐이라고. 어른의 시선으로 내려다보는 것이 아니라 친구 같은 시선으로 마주 볼 때 아이들은 마음을 열어 준다.

아이의 울음에는 이유가 있기에

출입구 쪽이 시끄럽다. 아이는 뻗대며 대성통곡을 하고 있고 엄마는 그런 아이를 들여보내려 애쓰고 있다. 아이의 울음소리가 예사롭지 않다. 막무가내 울음이 그칠 기미가 없자 엄마의 목소리가 점점 높아진다.

"그만 울어! 뚝! 얼른 그치지 못해!"

그러다 주변의 시선에 민망해졌는지 엄마의 목소리가 한결 부드러워진다.

"사탕 줄게, 응? 이따 로봇 사 줄까?"

그래도 아이가 꿈쩍도 않자 엄마는 다시 한번 작전을 바꾼다.

"너 자꾸 이러면 여기 두고 갈 거야."

모든 엄마가 그럴 것이다. 떼쓰는 아이를 앞에 두고 회유와 협박 사이에서 얼마나 고민하게 되는가. 아이에게 어떤 말을 할지 순간순간마다 판단을 내려야 한다. 그렇게 몇 분만 아이와 씨름해도 기운이 쏙 빠져 버린다. 그러니 엄마들은 아이가 운다는 것 자체가 피곤하다. 아이의 울음을 최대한 빨리 멈추려 한다.

하지만 아이가 우는 데는 나름의 이유가 있다. 배가 고파도 울고 기저귀가 불편해도 운다. 자신의 의사를 표현할 수 있는 아이라면 "엄마, 나 여기 싫어" "엄마, 나 이거 불편해" "엄마, 이러지 마" 하고 따지든 항의하든 할 것이다. 그런데 언어치료실에서는 그런 말을 듣는 것이 흔한 일이 아니다. 그렇게 말할 수 있는 아이들은 언어치료를 받으러 오지 않으니까.

울고 있는 아이는 세 돌이 막 지난 승현이였다. 말이 늦어 병원을 찾았다가 자폐스펙트럼이라는 진단을 받고 언어치료실에 오게 된 것이었다.

"괜찮아요, 어머니. 제가 좀 기다릴게요. 승현이가 다 이유가 있어서 우는 거겠지요."

말로 표현하지 못한다고 해서 우는 이유가 없겠는가.

승현이의 울음은 여기가 싫다는 사실을 분명하게 말해 주고 있었다. 처음 온 장소라 낯설기도 하지만 단지 그 이유만은 아닌 듯했다. 언어치료센터의 구조나 분위기가 예전에 승현이가 불편해했던 어떤 공간을 떠올리게 한 것이 아닐까. 아이들의 기억은 어른만큼 정확하지는 않지만 그렇기에 오히려 특정한 공간에서 느낀 감정이 강렬하게 남곤 한다.

아이들이 강한 거부감을 드러낼 때 어떻게 마음의 문을 열 수 있을까. 그 열쇠는 결국 사람이다. 아이들이 가장 예민하게 반응하는 존재가 사람이기 때문이다. 옹알이밖에 못 하는 아기라도, 타인과 소통하기 어려워하는 발달장애 아이라도 자신을 사랑하고 예뻐하는 사람이 누구인지 귀신같이 구별해서 그 사람 품에 안기려 한다. 그에 반해 자신을 싫어하는 사람은 피해 도망치려 하고 짜증이나 화를 내기도 한다.

그러니 우선 언어치료사가 아이의 마음에 가까이 다가가야 한다. 얼굴도 곱고 옷도 화사하게 입은 예쁜 언어치료사라면 조금 더 수월할 텐데 아쉽게도 나는 그렇지 못하다. 아이들 눈에 내 모습은 엄마와 할머니 사이의 어디쯤에 있는, 재미없어 보이는 아줌마일지도 모른다. 언제부터인가 나는 언어치료실에 오는 엄마들보다 나이가 한참 많아져 버렸으니까. 하지만 내게도 비장의 무기가 있다. 바로 장난감.

언어치료실 안에는 아이들이 좋아할 만한 장난감이 가득 놓여 있다. 인형, 로봇, 블록은 물론이고 뽀로로나 타요 같은 인기 캐릭터 장난감도 빠질 수 없다. 내가 특히 선호하는 것은 움직이거나 소리를 내는 장난감이다. 이런 장난감일수록 아이들의 흥미를 잡아끌기 쉽다. 아이들이 장난감에 마음을 뺏겨 빤히 쳐다볼 때면 나는 바란다. 그 장난감을 들고 있는 나도 신기한 사람으로 느껴지기를, "우와, 이것 봐! 멋지지?" 하는 내 말도 재미난 소리로 들리기를. 물론 대개 아이들은 장난감만 좋아할 뿐, 내게는 그다지 눈길을 주지 않는다. 그래도 괜찮다. 장난감에 대한 작은 관심이 아이가 언어치료실을 받아들일 여지를 만들어 줄 테니까. 그것만으로도 얼마나 고마운가.

승현이는 유난히 까다로웠다. 이 장난감, 저 장난감 계속 보여 주어도 고개를 저으며 울기만 했다. 엄마는 이제 자포자기한 표정으로 아무 말이 없었다. 내가 승현이 앞에 마지막으로 내민 것은 동그란 캡슐이 튀어나오는 뽑기 장난감. 어떤 장난감도 소용이 없을 때 꺼내는 최종병기랄까. 버튼을 누르자 음악이 흘러나오며 불빛이 들어왔다. 그 찰나의 순간 승현이의 표정이 약간, 아주 약간 달라졌다. 울음소리는 여전했지만 장난감을 흘깃 쳐다보는 눈빛 속에서 호기심이 엿보였다. 그 순간을 놓치지 않고 승현이에게 말을 걸었다.

"너 여기가 병원이라고 생각했구나? 여긴 무서운 데 아니야. 주사도 없어. 이거 한번 만져 볼래?"

승현이가 내 말을 얼마나 이해했는지는 모른다. 하지만 승현이의 마음에 조금이나마 틈이 생겼다는 것을 느낄 수 있었다.

처음부터 언어치료실을 편안하게 받아들이는 아이는 많지 않다. 익숙하지 않은 공간에 발을 들이는 것도 싫은데 그 안에서도 더 작은 방 안으로 들어가야 하고, 그곳에서 처음 보는 어른과 이야기를 해야 하고, 심지어 말하기 어려운 소리를 자꾸 연습해야 한다. 언어치료실을 다닌다고 해서 어린이집이나 유치원, 학교, 학원을 쉬는 것도 아니다. 언어치료 외에 감각통합치료나 놀이치료를 추가로 받는 경우도 많다. 아이 입장에서는 얼마나 힘들겠는가. 들어가지 않으려고 출입구에서 버티는 아이, 바닥에 누워 딩굴며 떼를 쓰는 아이, 엄마 품에 안겨 버둥거리며 우는 아이를 보는 것은 언어치료실에서 일상적인 일이다. 그래서 언어치료사는 기다리고 또 기다린다. 그러면서 아이가 마침내 관심을 보이는 순간, 아이의 표정이 미묘하게 달라지는 순간을 읽어 낸다.

승현이의 울음이 조금씩 조금씩 잦아들었다. 어느새 승현이의 손이 내가 든 뽑기 장난감을 만지작거린다. 엄마의 얼굴도 환해진다. 울지 않는다며 기특해하던 엄마가 문득 내게 물었다.

"선생님, 승현이가 언어치료 수업에서 어떤 걸 하게 되나요? '주세요'라고 말하는 연습도 하고 그럴까요?"

승현이는 이제 막 울음을 그쳤을 뿐인데, 이제 겨우 언어치료사인 나를 피하지 않을 뿐인데 어느새 엄마의 마음은 다음을 향해 있다. 소통이 원활하지 않은 아이를 데리고 언어치료실을 찾는 것이 엄마에게 얼마나 큰 부담이었을까. 큰 폭탄을 안고 오는 듯한 기분이 아니었을까. 그런 엄마도 달라져 있었다. 목표를 바라볼 여유가 생긴 것이다. 지금까지 견디며 기다린 엄마에게도 고마웠다. 나는 그저 엄마와 함께 아이를 기다렸을 뿐이다. 기다리는 것이야말로 언어치료사가 하는 가장 중요한 일이라고 믿기에.

3개월 아기의 눈

"선생님은 몇 살 아이부터 언어치료를 해 보셨나요?"

언어치료학과 학생들이나 후배 언어치료사들에게 종종 받는 질문이다. 나는 빙그레 웃으며 대답한다.

"저는…… 3개월이요."

"네? 3개월이라고요?"

질문한 이의 눈이 둥그레진다. 언어 발달에 별다른 문제가 없는 아이라 해도 옹알이조차 시작하지 않을 시기인데 벌써 언어치료라니.

3개월이면 얼마나 작고도 작은 아기인가. 아직 스스로 앉지도 못하니 엄마 품에 안겨서 언어치료실에 온다. 몇 번 입지 않아 빳빳한 외출복 차림에 입에는 쪽쪽이를 물고 있다. 어떤 모습이건 어떤 상황이건 아기들은 지극히도 예쁘다. 하나하나가 귀하고 아름다운 존재다. 내 아이 둘을 키웠지만 여전히 아기들을 보면 마냥 신기하고 경이롭다.

6개월도 되지 않아 언어치료를 시작하는 아기들은 청각장애를 가지고 태어난 경우가 대부분이다. 아이의 장애는 두 돌 무렵에 인지하기 시작하는 것이 일반적이지만, 청각장애는 태어난 지 얼마 되지 않은 비교적 빠른 시기에 확실히 알 수 있다. 요즘은 아기가 태어난 병원에서 곧바로 신생아 청각선별검사를 시행하는 덕분이다. 이 검사에서 난청이 의심된다는 진단이 나오면 추가 검사를 받는다. 그리고 추가 검사에서 난청으로 확정되면 그때부터 긴긴 재활이 시작된다.

아기를 안고 언어치료실을 찾는 엄마들은 툭 건드리기만 해도 울 것 같은 얼굴이다. 그 표정은 "내가 왜 여기에?"라고 말하는 듯하다. 아이를 배 속에 품고 있는 동안 정기적으로 병원을 다니며 진료를 받았다. 초음파 검사를 통해 본 태아는 특별한 이상이 없었다. 그럼에도 조금이라도 더 아이를 위하고자 하는 마음에 태교도 열심히 했다. 출산 과정은 고통스러웠지만 아기가 건강하게 태어났으니 그저 행복했다. 그런데 의무라니까 으레 하는 것으로만 알았던 청각선별검사에서 문제가 드러나고 결국 장애 판정이 나오다니. 언어치료실에 앉아 있는 지금도 믿기지 않는다. 내 아이의 장애를 순순히 받아들일 수 있는 엄마가 얼마나 될까.

3개월 채영이의 엄마도 그랬다. 20여 년 전 내 모습이 겹쳐져 더욱 안쓰러웠다.

"어머니, 많이 힘드셨죠?"

위로하는 말 한마디에 채영이 엄마는 애써 참고 있던 눈물을 주르륵 흘렸다. 채영이는 엄마가 오랜 기다림 끝에 힘들게 얻은 아이였다. 그런데 아이가 태어났다는 기쁨을 다 누리기도 전에 아이의 청각장애를 맞닥뜨려야 했으니 엄마의 속은 이미 시커멓게 타들어 갔을 것이다. 편견에 찬 주변 사람들의 말에 충격받고 상처받은 것도 여러 번이었을 것이다.

언어치료실을 찾는 아기들의 귀에는 그 자그마한 귀보다 훨씬 큼직해 보이는 보청기가 달려 있다. 인공와우 수술이 필요한 경우라 해도 적어도 생후 6개월 이후, 보통은 10개월 이후에 받게 되기 때문에 수술 전에는 보청기를 착용한다. 하지만 나는 보청기가 아니라 아기의 눈을 먼저 살펴본다. 내 눈길을 느낀 채영이는 커다랗고 맑은 눈동자로 나를 빤히 바라보았다.

"어머, 채영이 눈이 너무 예쁘네요!"

눈뿐인가. 발그레한 볼이며 앙증맞은 코며 보드라운 머리카락이며 예쁘지 않은 구석이 하나도 없었다. 마치 천사 같았다.

내 아이가 이런 칭찬을 받으면 흐뭇한 미소가 절로 나오기 마련인데 채영이 엄마는 여전히 울상이었다. 슬픔에 압도된 나머지 아이의 예쁨이 눈에 들어오지 않는 것이리라. 이럴 때일수록 나는 더욱더 칭찬 세례를 퍼붓는다. 어려운 일도 아니다. 아기의 모든 것이 그저 예쁘고 기특하기에 칭찬이 절로 나온다.

"채영이는 누구를 닮아서 이렇게 예쁘게 생겼니?"

"어쩜, 채영이는 분유도 잘 먹는구나."

"아유, 채영이는 엄마한테 얌전하게 잘 안겨 있네."

그제야 엄마의 얼굴이 조금 풀렸다. 무겁게 가라앉아 있던 언어치료실 안의 공기가 한결 가벼워졌다. 엄마가 조심스럽게 질문을 했다.

"선생님, 우리 채영이가 나중에 말도 하고 학교도 갈수 있을까요?"

나는 힘을 주어 고개를 끄덕였다. 그 순간 엄마의 눈에 또다시 눈물이 비치는 듯하더니 결국 엄마는 엉엉 소리 내어 한참을 울었다. 하지만 그 눈물은 이전에 흘린 절망의 눈물과는 달랐을 것이다. 희망의 존재를 확인하고 흘린 눈물이니까.

시력이 낮은 사람이 안경을 끼면 곧바로 앞이 환하게 보이지만 청력이 낮은 사람은 보청기를 껴도 곧바로 소리가 명료하게 들리지 않는다. 보청기를 통해 소리를 인식하기 위해서는 재활의 과정이 필요하다. 그중 하나가 언어치료다. 채영이처럼 작은 아기를 대상으로 하는 언어치료는 소리 반응을 촉진하는 것이 주된 목표다. 이 시기에는 소리 자체를 인식하는 것이 중요하기 때문이다.

먼저 아이를 엄마의 무릎이나 범보의자에 앉힌다. 아이보다 약간 뒤쪽이나 옆쪽에서 악기를 연주한다든가 이름을 부른다든가 해서 소리를 낸다. 아이가 고개를 돌리거나 깜짝 놀라는 표정을 지으면 소리 반응이 있는 것이다. 하지만 보청기를 막 착용한 아이나 인공와우 수술이 예정되어 있을 정도로 청력이 매우 나쁜 아이라면 소리를 무시하듯 가만히 있곤 한다. 이렇게 소리 반응이 없거나 더디면 좀 더 가까이에서 소리를 들려주기도 하고 소리의 종류를 바꿔 보기도 하며 아이의 행동을 관찰한다. 아이가 소리 반응을 보일 때는 한껏 밝은 표정을 지으며 잘했다고 칭찬해 준다. 이렇게 소리에 익숙해지다 보면 이후에 사람의 말을 인식할 가능성도, 스스로 말을 할 가능성도 높일 수 있다.

채영이는 엄마 품에 안겨 꼬박꼬박 언어치료를 받으러 왔다. 열심히 하는 만큼 소리 반응도 늘고 옹알이도 시작하면 참 좋으련만, 언어치료는 시간에 딱딱 비례해서 성과가 나오지 않는다. 초반에는 의욕에 가득 차 있던 엄마는 시간이 지날수록 실망하는 눈치였다. 다른 아이들과 끊임없이 비교하며 채영이만 뒤처져 있는 것은 아닌가 불안해했다.

"선생님, 저희 옆집에 채영이보다 1개월 빠른 애가 사는데요, 걔는 벌써 '맘맘마' 하고 엄마 비슷한 소리도 내더라고요."

"선생님, 여기 오는 다른 아기들 보니까 소리 나면 휙 휙 쳐다보고 놀라서 울기도 하네요. 근데 채영이는 왜 이리 반응이 없을까요? 듣고 있는 거 맞을까요?"

나를 붙잡고 하소연할 때마다 엄마의 얼굴에는 먹구름이 잔뜩 껴 있었다. 비교는 마음을 좀먹을 뿐이라지만 그런 엄마를 어찌 탓할 수 있을까. 그 역시 과거의 내 모습이었다.

그러던 어느 날 드디어 그 순간이 왔다. 아주 작은 변화, 하지만 아주 큰 의미가 담긴 변화가 일어나는 그 찰나의 순간.

"어머니, 보셨어요? 지금 귀 뒤에서 딸랑이를 흔들었더니 채영이가 눈을 깜빡하면서 눈동자를 살짝 돌렸어요. 소리를 들었다는 반응이에요."

"정말요? 저는 잘 모르겠는데……."

"자, 잘 보세요. 제가 다시 한번 채영이한테 소리를 들려줘 볼게요."

이번에는 채영이의 반응이 조금 더 커졌다. 소리가 나는 쪽으로 고개를 살짝 돌렸다. 확실하다. 채영이는 소리를 인식한 것이다. 엄마는 언어치료실을 찾기 시작한 이후 처음으로 함박웃음을 지었다.

그러던 어느 날 드디어 그 순간이 왔다.
아주 작은 변화, 하지만 아주 큰 의미가 담긴 변화가
일어나는 그 찰나의 순간.
"어머니, 보셨어요? 지금 귀 뒤에서 딸랑이를 흔들었더니
채영이가 눈을 깜빡하면서 눈동자를 살짝 돌렸어요.
소리를 들었다는 반응이에요."

"채영아, 잘했어! 너무 잘했어! 채영이 최고!"

듣기가 어려운 아기들이라고 엄마의 칭찬을 모를 리 있겠나. 오히려 더 잘 안다. 엄마가 진심을 다해 기뻐하며 칭찬해 주는 것이 아기에게는 그 무엇보다 큰 동기 부여가 된다. 채영이도 신이 난 듯했다. 다른 종류의 소리를 들려주어도, 다른 방향에서 소리를 들려주어도 재깍재깍 반응을 보였다. 그때마다 엄마는 환하게 웃었다. 그동안의 근심은 다 잊은 것만 같은 웃음이다.

"선생님, 이제 채영이가 '엄마'만 하면 되겠네요, 그렇죠? 채영아, '엄마' 해 봐. 자, 엄마아아."

엄마는 울지 않는데, 마냥 환하게 웃고 있는데 이제는 내가 눈물이 날 것만 같다. 이런 순간이 올 때마다 그렇다. 마침내 해낸 아이에게 고마워서, 괴로움을 견뎌 낸 엄마에게 고마워서.

언어치료를 받는 아이가 어릴수록, 특히나 돌도 채 안된 아기일수록 부모님들에게 당부하고 싶은 것이 있다. 지금 아이는 사랑과 축복으로 가득해야 하는 시기를 지나는 중이다. 아이의 인생에서 엄마 아빠가 가장 많이 안아 주고 예뻐해 주어야 하는 이 시기는 다시 돌아오지 않는다.

아이 귀에 달린 보청기만 보아도 속상하겠지만, 청각장애라는 이름표가 너무 버겁게 느껴지겠지만, 그럼에도 부모님들이 이 시기를 놓치지 않았으면 한다. 그래서 나는 오늘도 부모님들에게 말한다.

"지금 이 순간 아이를 힘껏 사랑해 주세요."

선생님, 이건 비밀인데요

"선생님은 옛날에 남자친구 있었어요?"

아무 예고도 없이 훅 들어온 이 질문의 주인공은 초등학교 6학년 하린이다. 순간적으로 말문이 막히며 웃음이 나왔다. 뭐라고 대답해야 하나. 선생님의 옛날 남자친구는 지금 선생님과 한집에 살고 있다고? 아니면 선생님의 사생활이니 비밀이라고? 결국 적당한 대답을 찾지 못하고 질문을 돌렸다.

"하핫…… 그게……. 하린아, 혹시 너 남자친구 생겼니?"

아주 어릴 때 만나서 몇 년씩 보게 되는 아이들이 있다. 길게는 십 년이 넘기도 한다. 기저귀 가는 것, 분유 먹는 것부터 본 아이들이 점점 자라서 걷고 뛰고 어린이집에 가고 유치원에 가고 학교에 간다. 아이들의 성장을 가까이에서 지켜보는 것은 가슴 뭉클한 일이다. 아이들이 훌쩍 컸다는 사실이 문득 실감 나는 순간이 있다. 연애나 성적에 대한 이야기를 내게 털어놓을 때다. 특히나 이렇게 어른들이 쉽게 대답할 수 없는 질문을 갑자기 툭 던지면 가슴이 두근거린다.

하린이를 처음 만났을 때는 보청기를 낀 두 살 아기였다. 그 아기가 이제는 보청기를 낀 열세 살 소녀가 되어 내 앞에 앉아 있다.

"엄마한테는 비밀이에요, 선생님. 제가요……."

하린이는 기다렸다는 듯 이야기를 꺼냈다. 학년이 바뀌며 새로 시작한 학교 동아리에서 한 무리의 아이들과 친해졌다고 한다. 그중 한 남자아이가 자꾸 하린이 눈에 들어온다는 것이다. 더구나 그 남자아이도 하린이를 신경 쓰는 티가 난다나.

"하린이한테 그런 일이 있었구나. 어떤 친구야?"

"키도 크고요, 눈썹도 진하고요, 제일 좋은 건 엄청 친절해요."

좋아하는 상대를 떠올리는 것만으로도 사람의 얼굴은

화사하게 빛나기 마련이다. 지금 하린이가 딱 그랬다. 그 표정이 어찌나 예쁜지. 하린이의 설레는 마음이 내게도 고스란히 전해졌다.

"그럼 남사친이야? 아니면 진짜 남자친구?"

"에이, 남자친구까지는 아니죠. 근데 뭐, 남자친구 돼도 괜찮을 것 같긴 해요."

머릿속에서 여러 생각이 교차했다. 하린이의 청각장애를 그 아이는 알고 있을까. 하린이의 귓속에 들어 있어 잘 보이지 않는 보청기의 존재는 알고 있을까. 알고 있다면 그 어려움을 제대로 이해하고 있을까. 모르고 있다면 나중에 알게 되었을 때 놀라지 않을까. 어떤 경우든 부디 하린이가 상처받지 않았으면 좋겠는데.

그래도 크게 걱정되지는 않았다. 다행히 하린이의 청각장애는 별로 티가 나지 않는 편이었다. 언어 발달이 크게 늦지 않아 발음이 거의 정확했다. 하지만 나를 더 안심시켜 주는 것은 하린이가 밝고 건강한 마음을 가진 아이라는 사실이었다.

진짜 걱정은 따로 있었다. 하린이의 수다가 멈추지 않는다는 것.

"걔랑 영화 보러 가기로 했는데요, 그 말을 듣고 다른 친구들도 같이 가겠다는 거예요. 저는 둘이서만 가고 싶었거든요. 그래도 어떡해요. 다들 간다는데. 근데 걔가 뭐라고 했냐면요……."

한번 봇물이 터진 이야기는 도무지 그칠 줄을 모른다. 어느새 10분이 넘어가고 있다. 시간이 속절없이 흐르는 것이 의식되어 하린이 몰래 시계를 흘긋거린다. 우리 앞에는 오늘 하기로 예정된 과제가 놓여 있다. 하린이 엄마는 차로 한 시간 가까이 걸리는 먼 곳에서 아이를 데리고 오가는 수고를 감내한다. 언어치료에는 만만치 않은 비용이 들어간다. 이런 사실들을 생각하면 1분, 아니 1초도 허투루 흘려보내서는 안 된다. 당장 "하린아, 그 얘기는 다음에 더 하고 이제 오늘 수업 시작하자" 하고 말해야 한다.

하지만 목구멍까지 차오르는 그 말을 지그시 눌렀다. 내 안의 갈등은 잠시 접어 두기로 했다. 저토록 순수한 기쁨을 망치기 싫어서. 그리고 내게 속이야기를 말하는 것이 고마워서.

하린이가 3학년 때의 일이다. 다니던 미술 학원에 유난히 심술궂게 구는 남자아이가 있었다. 그 아이는 하린이가 보청기를 착용하고 있다는 사실을 알고서는 기회만 되면 시비를 걸었다. "야, 장애인! 장애인!" 하고 부르는가 하면 "너 못 듣잖아. 이 말도 안 들리지?" 하고 놀려 댔다. 하린이 앞에서 다른 친구들에게 "쟤 장애인이래. 같이 놀지 마" 하고 말한 적도 있었다.

그 당시 하린이가 하고 있던 보청기는 지금보다는 큰 것이긴 하지만 항상 긴 머리카락에 덮여 있어 잘 보이지 않았다. 그런데 그 아이 때문에 하린이의 보청기는 학원 친구들에게 소문이 날 수밖에 없었다. 학원 선생님이 혼내기도 하고 타이르기도 했지만 그 아이의 못된 행동은 계속되었다. 그런데 정작 하린이는 그런 일을 당하면서도 엄마에게 아무 말도 하지 않았다. 하린이 엄마는 뒤늦게 모든 사실을 알게 되었다.

"그날은 하린이가 엎드려서 엉엉 울었대요. 아무리 달래도 멈추지도 않고. 그래서 학원 선생님이 걱정되니까 저한테 전화를 한 거예요. 저는 너무 놀랐죠. 그 애가 우리 하린이를 괴롭히고 있다는 걸 전혀 몰랐거든요."

상담 시간에 이렇게 말하다가 엄마는 끝내 눈물을 훔쳤다. 듣는 나도 너무나 속상했다. 하지만 엄마의 슬픔도,

내 속상함도 하린이가 겪은 고통에 비하면 아무것도 아니리라. 그 사실이 어른들을 더욱 괴롭게 했다.

몇 달이 지난 어느 날 하린이는 수업 중에 문득 자신을 괴롭혔던 남자아이 이야기를 꺼냈다. 이미 다 지난 일이라는 듯 담담한 말투였다. 이때다 싶어 하린이에게 말했다.

"하린아, 그런 일이 생기면 엄마한테 꼭 말씀드리자."

"어차피 엄마가 할 수 있는 게 없잖아요. 엄마가 혼낸다고 뭐가 달라질까요? 제가 보청기를 안 끼게 되는 것도 아니고요."

그 세 문장을 하나하나 반박하고 싶었지만 딱히 반박할 수 있는 말이 떠오르지 않았다. 그래도 어른이랍시고 계속 말했다.

"솔직히 이야기해야 하린이가 어떤 점이 힘든지 엄마도 알지."

"엄마만 속상할 뿐인데요."

"그러다가 큰일이 생길 수도 있어. 하린이 마음은 알겠는데 그래도 너무 참지는 마."

하린이는 잠시 말이 없다가 천천히 입을 열었다.

"진짜 제 마음은…… 선생님도 모를 거예요."

그 순간 하린이가 참 낯설어 보였다. 어른스럽달까, 너무 일찍 철이 들었달까. 아니면 생각이 너무 많은 것일까. 그도 아니면 포기에 익숙해져 버린 것일까. 어쩌면 그동안 하린이가 도움을 바라며 보낸 신호를 어른들이 놓쳐 버린 것은 아닐까. 물론 나 자신도 말이다.

그런데 좋아하는 남자아이에 대해 재잘재잘 이야기하는 지금 하린이의 모습은 그저 즐겁고 유쾌해 보인다. 자랑하고 싶어 하고 수다 떨고 싶어 하는 딱 그 또래 아이다. 어른들이 그 무엇으로도 대신해 줄 수 없는, 그 나이에만 가질 수 있는 찬란한 생기가 팡팡 튀어 오른다.

하린이가 그 남자아이와 사귀게 될지, '썸'으로 그칠지, 사귄다면 오래 이어질지, 금방 헤어질지, 헤어진다면 풋사랑으로 남을지, 상처로 남을지 아무것도 알 수 없다. 어떻게 되든 그 과정에서 아픔을 겪을지도 모른다. 그래도 괜찮을 것이다. 아직 사랑의 진정한 의미까지 다 이해하지는 못한다 해도 그 경험을 통해 하린이는 한층 더 성장할 테니까.

어느새 훌쩍 큰 아이들을 만나다 보면 나를 언어치료사 선생님이기 이전에 좋은 어른으로 봐 주었으면 싶다.

친구같이 스스럼없이 대할 수도 있고 비밀을 털어놓을 수도 있는 그런 어른. 새로운 고민이 생겨나고 낯선 감정에 사로잡히는 아이들 옆에는 좋은 어른이 꼭 필요하다. 아이들이 좋은 어른과 좋은 관계를 맺으며 성장하기를 바란다. 아직 세상에는 아이들을 이해하고자 노력하고 기꺼이 도와주려 하는 어른이 많다고 믿는다. 나 역시 언어치료사이기 이전에 그렇게 좋은 어른이 되어야겠다 다짐한다.

초등 1학년의 두 번째 언어치료

여덟 살 건호는 세 살 때부터 2년 동안 언어치료를 받은 적이 있었다. 청각장애나 발달장애가 있는 것은 아니었지만 말이 다소 늦은 편이었다. 건호의 언어치료는 순조롭게 진행되어 유치원에 들어가기 직전에 종결되었다. 그런데 4년 만에 다시 건호를 언어치료실에서 마주했다.

"건호야, 예전에 여기 다녔던 거 기억나니? 선생님이랑 수업했던 거 생각나?"

"음…… 잘 모르겠는데요, 헤헷."

몇 년 만에 만났지만 장난기 어린 눈꼬리는 여전했다. 그사이 건호에게 무슨 일이 있었던 것일까. 가장 큰 변화는 초등학교 입학이었다.

초등학생이 된다는 것은 아이에게 크나큰 변화다. 그동안 익숙했던 보육의 공간을 떠나 낯선 학습의 공간에서 새로운 과제를 해내고 새로운 관계를 맺어야 한다. 적응하는 과정에서 시행착오를 겪는 것이 당연하다. 언어 발달에 어려움이 있는 아이들이라면 더욱 힘들 수밖에 없다.

그렇다 보니 초등학생이 되어 언어치료실에 오는 아이들을 자주 본다. 그중에는 언어치료 경험이 처음인 아이들도 있지만, 대부분은 전에 언어치료를 받다가 언어 발달이 어느 정도 궤도에 올라서 또는 문제가 어느 정도 해결되어서 종결한 아이들이다. 엄마는 안심하고 있다가 학교에서 걸려 온 전화를 받고서야 아이에게 여전히 무언가 문제가 있음을 깨닫게 된다. 건호 엄마도 그랬다.

"담임 선생님이 그러시는 거예요. 건호가 선생님 말씀을 곧바로 이해하지 못하고 친구들하고도 대화가 잘되지 않는대요. 수업을 들을 때도 집중 시간이 너무 짧고요. 언어치료를 받은 뒤로 딱히 문제가 있었던 적이 없었는데 말이에요. 집에서 가족들이랑은 얘기를 잘해요. 한글도 다 뗐어요. 근데 대체 뭐가 문제인지……."

건호 엄마는 반쯤 넋이 나간 사람처럼 보였다. 다시 오리라고는 꿈에도 생각하지 못한 장소에 와서 또 상담을 하고 있으니 믿기지 않았을 것이다.

"건호가 유치원에서는 어땠나요?"

"유치원에서도 별 문제 없었어요. 그래서 학교 들어갈 때도 특별히 걱정하지 않았거든요. 뭐가 문제인지 모르겠어요. 정말 모르겠어요."

같은 말을 몇 번이고 되풀이하다가 건호 엄마는 문득 생각난 듯 덧붙였다.

"아, 근데 유치원 선생님이 건호가 개구쟁이라는 얘기는 종종 했어요. 장난치다가 친구들을 때린 적이 몇 번 있긴 해요. 그래도 그냥 장난 정도였어요."

엄마가 대수롭지 않게 말한 '장난'이 내게는 조금 걱정스럽게 들렸다. 다른 시각에서 보면 단지 장난이 아닐 수도 있기 때문이다.

일단은 언어 평가를 해 보기로 했다. 결과는 예상대로였다. 건호의 어휘나 발음은 약간 낮은 수준이긴 했지만 크게 문제가 될 정도는 아니었다. 그에 비해 자신의 의도나 주변 상황에 맞게 문장을 만들어 내는 능력, 타인의 이야기를 이해하고 정보를 추론하는 능력은 눈에 띄게 낮았다. 다시 말해, 언어로 깊이 있게 소통하는 기술이 부족한 것이다. 그러니 담임 선생님이 지적한 대로 수업에서도 또래 관계에서도 문제가 생길 수밖에 없었다.

"이상하네요. 저랑은 대화가 안 되는 게 없거든요. 건호랑 이야기하면서 뭔가 어색하다고 느껴 본 적이 없어요."

"어머니, 이제 건호는 초등학생이잖아요. 그 점을 생각하셔야 돼요."

언어 발달이 만 3, 4세 수준만 되어도 가족 사이의 일상적인 대화는 충분히 가능하다. "뭐 먹을래?" "어디 갈까?" "물 가지고 와" 같은 간단한 문장들이 대부분이기 때문이다. 하지만 초등학생이 되면 그 정도로는 부족할 수 있다. 엄마와 대화가 잘된다고 해서 학교에서도 문제가 없으리라 마냥 안심해서는 안 된다.

언어 발달은 영유아 시기에 완료되는 것이 아니라 그 후로도 이어진다. 특히 초등학교에 입학할 무렵이면 그다음 언어 단계로 올라가게 된다. 처음 만난 또래와 교류하기 위한 언어, 학교에서 필요한 학습을 수행하기 위한 언어를 익혀 간다. 만약 제대로 익히지 못하면 학교생활이 삐걱거린다. 그래서 초등학생이 된 아이의 듣기, 말하기,

쓰기, 읽기 등 여러 언어능력을 유심히 지켜보아야 한다.

초등학교 교실 안 분위기는 그리 호락호락하지 않다. 유치원이나 어린이집에서처럼 일일이 챙겨 주지 않기에 아이가 스스로 해내야 하는 몫이 크다. 그래도 선생님은 어른이니 이해해 주지만 친구들에게까지 그런 배려를 기대하기는 무리가 있다. 대답이 바로 나오지 않거나 맥락과 맞지 않은 엉뚱한 대답이 나오면 기다려 주지 않는다. 이런 일이 반복될수록 친구들과의 대화에서 겉돌게 된다. 또 대화까지는 어찌어찌 잘된다 해도 학습 면에서 힘들 수도 있다. 학습을 할 때는 일상에서 잘 쓰지 않는 어휘가 자주 등장하기 때문이다. 학교에서 건호는 대화만으로도 어려운데 그보다 난이도가 높은 학습까지 해내야 하는 이중고에 처한 셈이다.

유치원에서 있었던 건호의 '장난'은 언어 발달이 나이에 맞게 이루어지지 못하고 있다는 경고 신호였는지도 모른다. 친구들과 갈등이 생겼을 때 언어를 통해 해결하는 능력이 부족하다 보니 짓궂은 행동이 나타난 것이 아닐까. 그런 행동이 유치원까지는 적당히 넘어간다 해도 초등학교에 들어간 후 심각한 문제로 불거질 수 있다. 내 아이가 언어 때문에 놀림받지 않을까 걱정하는 것도 당연하지만, 동시에 내 아이가 언어 문제로 친구들을 방해하거나 괴롭히는 상황이 일어날 수 있다는 점도 염두에 두어야 한다. 전체적인 맥락이 어떻고 개개인의 상황이 어떻고 간에 일단은 때린 아이, 주먹을 휘두른 아이가 가해자로 여겨지기 마련이다. "우리 아이가 언어가 미숙해서 그런 거니까 봐주세요" 하는 호소는 잘 통하지 않는다. 심한 청각장애나 자폐 성향이 있는 아이라도 그러한데 건호처럼 언어 발달이 다소 늦은 정도의 아이라면 두말할 것도 없다.

"어머니, 장난일 뿐이라고 생각하기보다는 조금 다른 측면에서 보셔야 할 것 같아요. 건호가 그런 장난을 당했다고 생각해 보세요. 어떤 아이가 나쁜 의도는 없지만 건호를 자꾸 툭툭 친다면 어떨까요. 입장을 바꿔서 생각해 보면 다르게 느껴질 수 있거든요."

"아…… 그렇네요. 친구들이 건호 때문에 힘들었을 것 같아요."

비록 건호에게 문제가 생기긴 했지만 그래도 늦지 않게 언어치료실을 다시 찾았으니 다행이었다. 많은 부모님이 아이와 어느 정도 대화가 가능해진 다음에는 아이의 언어능력을 세심하게 들여다보지 않는다. 그러다 보니 아이가 가진 문제를 오랫동안 알아채지 못하다가 언어치료의 적기를 놓치는 경우가 허다하다. 특히나 학교 선생님이 검사나 치료를 권했을 때 무시하고 대수롭지 않게 넘기는 것은 매우 위험하다. 선생님은 얼마나 많은 아이를 경험하고 지도해 보았겠는가. 어떤 것이든 아이에게 문제가 있다면 선생님과 의논해야 한다. 언어 문제도 예외가 아니다. 건호 엄마가 담임 선생님의 지적에 곧바로 다시 언어치료실에 온 것은 너무도 적절한 판단이었다.

"어머니, 속상해하지 마세요. 건호는 잘할 수 있어요. 이미 경험해 봤고 그때도 해냈잖아요."

건호의 두 번째 언어치료가 시작되었다. 새로운 어휘를 익히는 훈련, 문해력을 키우는 훈련도 있었지만 무엇보다도 가장 중점을 둔 것은 대화에서 적절한 표현을 사용하는 훈련이었다. 이 훈련은 따로 교재가 없다. 대신 어떤 상황을 제시하고 자연스럽게 대화를 시도한다. 예를 들어, 친구들과 영화관에 갔는데 보고 싶은 영화가 매진인 상황이라면 어떤 말을 할지 연습해 보는 것이다. 일종의 역할놀이랄까. 정해진 질문에 답하면 되는 것이 아니라 실제

대화와 똑같이 즉흥적으로 진행되기 때문에 건호는 처음에는 어색해하고 어려워했다. 하지만 시간이 지날수록 건호의 대화는 점점 자연스러워졌다. 언어치료 수업이 시작되면 건호는 이 훈련을 은근히 기다리기까지 했다.

하루는 건호가 언어치료실에 들어오자마자 인사도 하는 둥 마는 둥하고 대뜸 외쳤다.

"저 오늘 학교에서 칭찬받았어요!"

"그래? 건호가 기분이 무지 좋은가 보네. 어떤 일로 칭찬을 받았을까?"

"수업 시간에 딴짓 안 하고 잘 들어서요. 담임 선생님이 칭찬 스티커도 주셨어요."

잔뜩 신난 건호를 보며 나도 웃음이 나왔다. 그렇게 건호의 언어치료는 두 번째 종결을 향해 나아가고 있었다.

모니터 너머의 인사

인스타그램에서 메시지DM, Direct Message를 종종 받는다. 하지만 바쁘기도 하거니와 이메일과 전화를 더 선호하다 보니 놓치고 넘어갈 때가 많다. 그런데 어쩐지 그날은 메시지가 왔음을 알리는 빨간색 표시가 유독 눈에 들어왔다. 메시지창을 열자 구구절절한 사연이 펼쳐졌다.

"안녕하세요. 저는 영국에 살고 있는 유나 아빠입니다. 저희 아이는 갑작스럽게 청력이 떨어졌고 최근에 한국에 들어갔다가 돌발성 난청 진단을 받았습니다. 지금은 다시 한국에 가서 인공와우 수술을 받기 위한 준비를 하고 있습니다. 출국 전에 들른 언어치료실에서는 저희 아이의 예후를 가늠하기 힘들다는 비관적인 말을 들었습니다. 저로서는 청천벽력 같은 이야기였습니다. 그러다 우연히 선생님의 인스타그램을 보고 이렇게 연락을 드립니다. 한국이라면 바로 찾아뵐 텐데 멀리 있다 보니 이렇게 긴 글로 대신하게 되었습니다."

유나 아빠의 메시지는 죽 이어졌다. 유나는 세 살인데도 말을 한마디도 못한다고 했다. 하지만 말만 하지 못할 뿐 몸짓으로는 소통을 잘했다. 상대방의 말도 충분히 이해했다. 부모님은 외국에 있다 보니 언어 발달이 조금 늦나 보다 싶어 대수롭지 않게 여겼다. 그런데 어느 날부터인가 유나가 귀를 탁탁 치며 불편해하는 기색을 보이더니 결국 돌발성 난청으로 진단받은 것이다. 돌발성 난청이란 귀에 특별한 이상이 없는 사람이 어느 날 갑자기 청력이 확 떨어지는 질환이다. 원인은 다양한데, 아무리 해도 원인을 알 수 없는 경우도 많다. 빨리 치료를 받으면 예후가 좋은 편이지만 치료 시기를 놓치면 청력에 영구히 손상이 남을 수 있다.

유나 아빠는 한 달 내로 한국에 갈 예정이니 그때 꼭 만나고 싶다는 말로 긴 메시지를 마무리했다. 곧바로 답장을 보냈다.

"연락 주셔서 감사합니다. 아버지께서 얼마나 힘들고 속상하실지 글만 봐도 느껴집니다. 한국에 오시면 언제든 찾아와 주세요. 제 핸드폰 번호도 남깁니다. 기다리고 있겠습니다."

몇 달 후 인공와우 수술을 마치고 머리에 붕대를 한 유나가 언어치료실에 왔다. 눈빛이 참 똘망똘망했다. 선반에 죽 놓인 장난감들을 보자 손가락으로 가리키며 나를 쳐다보았다. 꺼내 달라는 부탁인 듯했다. 아빠가 인스타그램 메시지에서 이야기한 대로, 말은 하지 못해도 열심히 손짓 발짓을 하며 자신의 의사를 표현하는 모습이었다.

내 눈에 유나는 이미 여러 어휘를 알고 있고 일상적인 대화도 가능한 아이로 보였다. 다만 그것이 말의 형태가 아닐 뿐. 그러니 언어치료를 통해 일단 말이 터지기만 하면 언어능력이 폭발적으로 성장할 거라는 생각이 들었다. 아마 돌발성 난청 이전에는 사람들의 말을 듣고 있었을 것이다. 그 사실도 유나의 언어치료에 더욱 희망을 밝혀 주었다.

유나 옆에는 금방이라도 눈물을 쏟을 것 같은 엄마 그리고 담담한 표정의 아빠가 있었다. 아빠는 한국에 오자마자 3개월 휴직을 하고서 유나의 인공와우 수술과 언어치료에 대해 일일이 알아보느라 눈코 뜰 새 없이 바빴다고 했다. 큰 수술을 앞둔 딸과 슬픔에 빠져 경황이 없는 아내 사이에서 아빠가 중심을 잘 잡고 있는 것이리라. 그날부터 시작된 유나의 언어치료 수업에도 아빠는 열정적으로 참여했다.

예후를 가늠하기 힘들다는 전망이 무색하게 유나는 언어치료를 시작하자마자 빠르게 변화했다. 첫 매핑 직후에 있었던 첫 번째 언어치료 수업부터 소리를 듣고 돌아보는 반응을 보였고, 얼마 안 가서 말을 따라 하려는 모방도 나타났다. "어흥" 하는 내 말에 유나가 "어으" 하는 소리를 낸 순간 엄마 아빠의 눈가에 맺힌 눈물을 지금도 잊을 수 없다. 인공와우 수술을 받은 지 1년이 될 무렵에 유나의 어휘는 또래와 비슷한 수준이 되었다. 다만 말이 늦게 터진지라 발음이 걱정이었는데 수술 2년 만에 발음도 거의 정확해졌다. 이제 엄마 아빠는 웃을 때가 훨씬 많아졌다.

어느덧 다섯 살이 된 유나는 영국으로 돌아가게 되었다. 딸의 언어 발달이 정상 궤도에 오르자 유나의 부모님은 다시 해외 근무를 할 수 있게 된 것이다. 영국행을 결심하기 전 아빠가 문의해 왔다.

"선생님, 외국에서 살자니 아무래도 유나가 걱정되네요. 환경이 바뀌면 아이 언어가 계속 성장할 수 있을지, 또 문제가 생기진 않을지……. 그래서 말씀인데요, 혹시 유나가 온라인으로 선생님께 언어치료를 받을 수 있을까요?"

예전이라면 난감한 표정을 지었을 것이다. 하지만 나는 선뜻 대답했다.

"그럼요, 가능하죠. 저도 온라인으로 계속 유나에게 도움이 되면 좋겠어요."

이렇게 말할 수 있었던 것은 그사이 세계를 휩쓴 어떤 사건 때문이다. 바로 코로나 팬데믹.

코로나가 처음 유행하기 시작했을 때만 해도 일시적인 불편인 줄로만 알았다. 하지만 코로나 팬데믹은 끝날 줄 모르고 이어졌다. 아이들은 언어치료실에 오지 못하니 수업의 흐름이 깨져 언어 발달에 지장이 생겼다. 언어치료사 선생님들은 맡은 수업 양에 따라 급여가 달라지는데 아이들이 오지 않으니 생계가 어려워졌다.

그래서 궁여지책으로 어쩔 수 없이 하게 된 것이 온라인 언어치료였다. 시작하면서 고민이 한두 가지가 아니었다. 이렇게 하는 게 맞는 걸까. 아이들이 과연 집중할 수 있을까. 부모님들은 어떻게 받아들일까. 하지만 언어치료가 끊김 없이 지속되려면 온라인이 유일한 해답이었다. 아이들을 위해서라도 해야만 했다. 줌이라는 것을 난생처음 써 보았다.

온라인 환경은 영 어색하고 불편했다. 언어치료사 선생님들은 아이를 직접 컨트롤하기 힘들어서 부모님의 도움 없이는 제대로 수업을 진행할 수 없었다. 수업 전체가 부모님에게 완전히 노출되니 부모님의 시선을 내내 의식하지 않을 수 없다는 점도 고충이었다. 부모님들은 부모님대로 자꾸만 돌아다니려 하는 아이를 붙잡고 화면을 들여다보게 하느라 진을 뺐다. 물론 누구보다도 힘든 사람은 아이들 자신이었을 것이다.

하지만 완벽하지 않으면 어떤가. 이 네모난 화면을 통해 우리가 만나고 소통하고 있으니 그것으로 족했다. 다행히 두 번 세 번 경험이 쌓일수록 새로운 환경에 익숙해지고 자신감이 생겼다. 아이들이 집이라는 더 편한 공간에 있다 보니 그만큼 언어치료 수업을 더 부담 없이 대하는 효과도 있었다. 모두에게 참으로 힘들었던 그 시기를 그렇게 헤쳐 갈 수 있었다.

그런데 코로나 팬데믹 때문에 온라인 언어치료를 시작하고 나서 의외의 연락들이 하나둘 이어졌다. 국내가 아닌 해외에서.

"중국에 살고 있는 18개월 아기인데 말이 너무 늦어요. 한국말로 언어치료가 가능할까요?"

"미국에 살고 있는데 저희 아이가 지금 보청기를 착용하고 있어요. 이런 경우에도 온라인 언어치료를 할 수 있나요?"

"일본에서 발달장애 아이를 키우고 있어요. 온라인으로 아이 상태를 보고 상담해 주실 수 있을까요?"

온라인 언어치료는 장소의 한계를 뛰어넘어 세계 곳곳에서 새로운 인연을 만들어 주었다. 코로나라는 악재가 열어 준 뜻밖의 기회였다. 예전에는 상상도 못 했던 일들이 현실이 되는 과정을 직접 겪으니 신기하고 놀라웠다. 덕분에 나 자신이 언어치료를 보는 시각을 넓히고 새로운 방향을 모색할 수 있었다. 코로나 팬데믹에서 코로나 엔데믹으로 전환된 지금도 온라인 언어치료는 계속되고 있다.

한국에서 유나와 작별 인사를 하고 10여 일 후 컴퓨터를 켜고 줌을 실행했다. 잠시 후 모니터에 유나의 얼굴이 등장했다. 뒤편에 유나의 엄마 아빠도 보였다. 유나는 온라인이 어색한 듯 눈동자를 이리저리 돌리다가 이내 나를 향해 환한 미소를 지었다.

"선생님, 안녕하세요!"

중년의 나이에
언어치료를 받는 사연

언어치료를 받는 사람은 당연히 언어 발달이 미숙한 어린아이일 거라고 생각하기 마련이다. 물론 어린아이들이 큰 비중을 차지하는 것은 맞다. 하지만 언어치료를 필요로 하는 성인들도 있다. 어릴 때는 언어 발달에 특별한 문제가 없었는데 성인이 된 후 사고나 질병으로 언어능력이 저하된 경우다. 한 해 한 해 나이를 먹어 어느덧 중년의 나이가 되고 보니 아이와 함께 오는 부모님들은 갈수록 나보다 어려지는 느낌인데, 반대로 언어치료를 받으러 오는 성인들 중에는 갈수록 나보다 나이가 많은 분이 늘어나고 있다. 연세가 지긋한 어르신들도 종종 본다. 예전처럼 '이 나이면 귀가 어두워지는 게 당연하지' 하고 참지 않는 것이다.

혜정 씨는 51세의 나이에 언어치료를 시작했다. 30대부터 청력이 조금씩 나빠졌는데 대수롭지 않게 여기고 방치했다가 보청기를 사용하게 되었다. 그러다 최근 들어 보청기를 끼고도 잘 들리지 않아 결국 인공와우 수술을 받았다. 나와 처음 만났을 때 혜정 씨는 얼굴을 잔뜩 찌푸리고 있었다.

"인공와우가 너무 불편해요. 기껏 힘들게 수술까지 받았는데 잘 들리지도 않고요. 앞으로 죽 이렇게 살아야 하는 건가요?"

"수술하신 지 얼마 안 돼서 그런 거예요. 귀는 정말 예민한 기관이라서 인공와우를 처음부터 딱 맞게 조절하기가 힘들거든요. 계속 재활하다 보면 조금씩 잘 들리게 돼요. 안경 도수를 점점 맞춰 나가는 느낌이랑 비슷해요."

첫날 혜정 씨는 아주 간단한 소리조차 제대로 듣지도, 따라 말하지도 못했다. 혜정 씨에게 내 입 모양을 보여 주며 또박또박 말하기도 하고, 혜정 씨가 알아듣기 어려워하는 단어들은 손으로 써서 보여 주기도 했다. 수업이 반복될수록 혜정 씨는 입 모양을 보지 않고도 알아듣는 단어가 늘어나고 긴 문장도 비슷하게 따라 했다. 발전하는 속도가 놀라울 정도로 빨랐다. 청각에 문제가 생기기 전에 정상적으로 들었던 기간이 길었다는 점도 한 이유일 것이다. 하지만 더 큰 이유는 혜정 씨의 열정이었다.

혜정 씨는 퇴근하고 저녁에 언어치료 수업을 받았는데 단 한 번도 빠지거나 늦지 않았다. 숙제와 연습도 항상 열심히 해 왔다. 언어치료실에 들어올 때마다 밝은 표정으로 인사를 건넸고 종종 붕어빵이나 만두 같은 간식거리도 사 왔다. 청각장애 아동은 정부의 바우처 제도 덕분에 가계 소득에 따라 언어치료비를 지원받지만 성인은 그런 제도가 없다 보니 비용이 부담스러울 수 있다. 그런데도 꾸준히 언어치료실에 오는 혜정 씨에게 고마웠다. 잘 듣고자 하는 강한 의지가 없었다면 결코 그러지 못했으리라.

하루는 수업을 마치고서 혜정 씨에게 말했다.

"집에서 가족들이 같이 연습해 주시면 더 좋아요. 가능하시다면 가족분을 한번 데리고 오시면 좋겠어요. 언제든 괜찮아요."

언어치료를 받는 아이는 집에서 엄마 아빠가 연습도 시키고 복습도 도와준다. 그에 반해 성인은 집에서 따로 도움을 받지 못하는 경우가 많다. 가족들이 저마다 바쁘기 때문이기도 하고, 성인이니까 알아서 하겠거니 생각하기 때문이기도 하다. 하지만 아무리 성인이라 해도 가족들의 도움은 필요하다. 더구나 지금 이 사람의 청력이 어느 수준인지, 듣기에 도움을 주기 위해 어떻게 말해야 하는지 가족들도 알아야 한다. 그래서 나는 가족들이 수업에 참여해 보기를 권하곤 한다.

얼마 후 혜정 씨는 여든에 가까운 연로한 어머니와 함께 왔다.

"우리 딸이 받는다는 언어치료 수업이 너무 궁금했어요. 근데 선생님이 와도 된다고 하셨다면서요?"

"아유, 그럼요, 어머니. 잘 오셨어요."

"선생님, 내가 우리 딸이랑 오늘 오랜만에…… 전화통화를 했어요. 잘 안 들린다고 그동안 문자만 주고받았거든요. 이게 얼마 만의 전화통화인지……."

어머니의 눈시울이 붉어졌다. 혜정 씨가 달래 보았지만 한번 터진 울음은 그치지 않았다. 어머니는 가슴을 치며 눈물 섞인 한탄을 쏟았다.

"할 수만 있다면 내 귀를 주고 싶어요. 아니, 내가 전생에 무슨 잘못을 했길래 우리 딸이 이런 벌을 받나요. 우리 딸은 착하기만 한데……."

익숙한 이야기였다. 그동안 언어치료실에서 만난 많은 엄마에게 들었던 말이자, 나 자신이 스스로에게 했던 말이기도 하니까. 장성한 자식의 일이라 해서 엄마의 고통이 덜할 리 있을까. 혜정 씨의 청각장애는 어머니의 가슴에 대못처럼 박힌 한이었을 것이다. 연신 눈가를 훔치는 어머니를 보며 나도 같이 눈물이 났다.

"절대 어머니 잘못도 아니고 혜정 씨 잘못도 아니에요. 지금 혜정 씨가 얼마나 잘하고 있는데요. 앞으로 더 잘할 거고요. 걱정 마세요."

어머니는 언어치료실 한편에 앉아 혜정 씨의 수업을 죽 지켜보았다. 수업을 마친 후 혜정 씨에게 이번 주 과제를 알려 주면서 어머니에게도 함께 연습해 주십사 당부를 드렸다. 이야기를 다 들은 어머니는 내 손을 꼭 잡았다.

"좋은 선생님을 만나서 너무 고마워요. 우리 딸이 인복이 있어요. 계속 잘 부탁해요."

혜정 씨와 어머니는 손을 맞잡고 걸어갔다. 그 뒷모습을 바라보는데 또 눈물이 났다. 엄마에게 자식이란 평생 안쓰럽고 미안한 존재인가 보다. 팔순이 가까워도 여전히 자식 걱정뿐인 그 마음이 오죽하랴. 그래도 언어치료 덕분에 어머니의 걱정을 조금은 덜어 드리게 되어 다행이었다.

그다음 주에는 20대 중반쯤 되는 딸이 왔다. 딸은 한집에서 살고 있기에 혜정 씨의 상태에 대한 이해가 더욱 필요했다. 감정이 격해져 눈물부터 흘렸던 혜정 씨 어머니와 달리 차분한 태도였다. 하지만 수업을 지켜보는 딸의 표정은 점점 심각해졌다.

"엄마가 생각보다 많이 못 들으시네요. 이 정도인 줄은 몰랐어요."

집에서 매일매일 일상을 함께하다 보면 오히려 가족의 어려움을 자세히 알아채지 못하고 지나칠 수도 있다. 자신의 귀에는 너무도 쉽게 들리는 소리를 엄마가 힘들게 따라 말하는 모습에 딸은 충격을 받은 듯했다.

"계속 좋아지고 있어요. 워낙 열심히 연습하시거든요. 그러니까 집에서 따님이 조금만 도와드리면 더 효과가 있을 거예요."

"네, 그럴게요. 저희 엄마는 잘하실 거예요. 전 엄마를 믿어요. 한번 맘먹으면 꼭 하신다니까요. 그렇지, 엄마?"

왜 내게는 불행이 끊이지 않나 절망스러웠다.

하지만 주저앉지 않았다.

오히려 더 열심히 살았다.

그 원동력은 바로 가족이었다.

딸은 혜정 씨를 향해 미소를 지었다. 엄마를 깊이 신뢰하지 않는다면 나올 수 없는 미소였다.

혜정 씨가 어머니에게 아픈 손가락이 된 것도, 자식에게 신뢰받는 것도 다 이유가 있었다. 혜정 씨와 친해지면서 알게 된 사실인데, 삶이 참으로 파란만장했다. 형편이 어려운 집에서 태어나 어릴 적부터 부모님 일을 도왔고, 성인이 되자마자 사회생활을 시작했다. 그러다 직장에서 만난 남자와 가정을 꾸렸다. 사랑스러운 딸도 낳았다. 하지만 행복한 생활은 오래가지 못했다. 남편은 무리해서 시작한 사업이 잘 풀리지 않자 혜정 씨에게 화풀이를 하기 시작했다. 급기야 폭력까지 휘둘렀다. 견디다 못한 혜정 씨는 결국 이혼을 하고 싱글맘의 길을 선택했다. 그래도 다행히 점차 직장에서 자리도 잡고 아이도 잘 크면서 안정을 찾아 갔다. 그런데 이번에는 청력에 이상이 생긴 것이다. 왜 내게는 불행이 끊이지 않나 절망스러웠다. 하지만 주저앉지 않았다. 오히려 더 열심히 살았다. 그 원동력은 바로 가족이었다.

"부끄럽지 않은 엄마, 부끄럽지 않은 딸이 되려고 악착같이 버텼어요. 이제 더 잘 듣고 더 잘 말해서 돈도 더 많이 벌어야죠. 그래야 우리 가족이 고생 안 하니까."

몇 달 뒤 혜정 씨의 언어치료는 종결을 맞이했다. 이제는 일상적인 전화통화에 전혀 어려움이 없을 정도였다. 언제든 전화를 걸어 딸과 이야기할 수 있게 되었으니 어머니는 한시름 놓았으리라.

마지막 수업 날 혜정 씨에게 집에서 재활을 계속할 수 있는 방법들을 알려 주며 당부했다.

"유튜브 보실 때 자막을 가리고 소리를 들어 보세요. 뉴스를 자주 보시는 것도 좋아요. 가장 또박또박 말하는 소리를 들을 수 있는 게 뉴스거든요. 평소에 계속 연습하는 거 잊지 마시고요. 이미 많이 좋아지셨지만 연습할수록 더 좋아지실 거예요."

"그럴게요, 선생님. 그동안 감사했어요. 덕분에 제 삶이 달라졌네요. 평생 잊지 못할 거예요."

언어치료실에 오는 사람들은 모두 저마다의 사연을 안고 있다. 특히나 성인들은 그동안 살아온 삶이 길다 보니 그만큼 사연도 구구절절하다. 그래서 잘 듣고 싶다는 마음도 더욱 절실하다. 그 마음을 잘 알기에 언어치료사로서 무거운 책임감을 느낀다. 내가 가진 작은 힘이나마 보탤 수 있기를, 그들이 절망을 넘어서 희망과 용기를 가질 수 있기를. 비록 내가 선생님이라 불리긴 하지만 우리 모두는 언어치료라는 세계에서 귀한 인연으로 맺어진 동반자가 아닐까. 우리는 함께 걸어가고 있다.

3부 엇갈린
마음들,
연결된
마음들

영어가 뭐길래

여섯 살 민준이는 언어치료 수업에 늘 5분 정도 지각했다. 하루 스케줄이 꽉 차 있다 보니 어쩔 수 없다고 했다. 그 스케줄에서 가장 많은 부분을 차지하는 것이 영어 유치원이었다.

엄마는 민준이를 영어 유치원에 입학시키고서 하원 후에는 독서 학원에 보냈다. 영어와 우리말을 동시에 배우게 하기 위해서였다. 그러다 어느 순간 민준이의 말이 이상하다는 것을 눈치챘다.

"저희 애가 영어는 잘 늘고 있거든요. 그런데 갑자기 우리말이 꼬이는 것 같더라고요. 조사라든가 문장 어순이 좀 엉킨달까요. 선생님, 왜 그런 걸까요?"

민준이가 말하는 것을 관찰해 보았다. 언어 수준이 심각할 정도로 떨어지지는 않았다. 전체적인 인지 능력에도 이상이 없었다. 다만 엄마의 판단대로 우리말에 혼동이 있는 것이 느껴졌다. 버벅거리다가 영어 단어를 먼저 내뱉기도 했다. 발음도 다소 어색했다. 그렇다 보니 민준이는 말을 할 때마다 자신감이 없어 보였다.

영어 유치원이 원인일 수 있겠다는 짐작이 들었다. 아직 우리말의 언어 구조가 완전히 자리 잡기 전에 다른 언어가 끼어드는 바람에 우리말에 문제가 생긴 것이 아닐까. 나는 조심스럽게 말했다.

"민준이가 두 언어 사이에서 혼란을 느끼는 것일 수 있어요. 그러니까 언어치료를 받는 동안에는 영어 유치원을 쉬는 게 어떨까요?"

내 말에 엄마의 표정이 갑자기 굳었다.

"영어 유치원에서 아이들 케어를 훨씬 더 잘해 주거든요. 일반 유치원은 한 반에 스무 명도 넘는 아이들이 모여 있잖아요. 근데 영어 유치원은 한 반에 아이들이 열 명밖에 안 되는데 교사는 원어민 한 명, 한국인 한 명 해서 두 명이에요."

엄마는 영어 유치원을 쉴 수 없는 이유로 돌봄의 질을 들었지만 그 말에 담긴 진짜 의미는 이것이리라. '절대로 영어만큼은 포기할 수 없다.'

눈길을 돌려 민준이를 바라보았다. 얌전히 앉아 고개를 숙인 채 손가락 끝을 만지작거리는 모습에서 조금 주눅든 마음이 엿보였다. 자신에 대해 상담하고 있는 엄마 옆에서 심란해하는 듯했다.

민준이는 영어 유치원을 열심히 다니는 것과 마찬가지로 언어치료실도 열심히 다녔다. 수업 횟수를 다른 아이들보다 더 많이 잡았고, 5분씩 지각하긴 해도 단 한 번도 결석하지 않았다. 아니, 엄마가 열심히 민준이를 데리고 다녔다고 해야 맞을 것이다. 엄마는 아들 교육에 관해서라면 무엇이든 열정적이었다. 그 열정의 바탕에는 열심히 시키면 그만큼 효과가 나리라는 믿음이 있었다. 영어 유치원을 열심히 보내면 영어 실력이 늘고, 언어치료실을 열심히 보내면 언어 문제가 나아지리라 생각하는 것이다.

언어치료를 시작하고 한 달쯤 지났을까. 민준이에게서 피곤한 기색이 느껴졌다. 민준이는 하루 중 많은 시간을 영어 유치원에서 보내는 데다 하원 후에도 여러 수업을 받았다. 독서, 사고력 수학, 피아노, 수영……. 민준이 입장에서는 안 그래도 바쁜데 언어치료라는 수업까지 추가된 셈이다.

하루는 민준이가 피곤해 보이다 못해 자꾸만 하품을 했다.

"민준아, 졸리니? 어제 잠을 못 잤나 보네."

"네. 이번에 영어 유치원 숙제가 좀 어려워서요."

"저런. 지금 수업 계속 받을 수 있겠어? 괜찮겠니?"

"지금은 괜찮아요. 여기서는 선생님이 저 놀게 해 주시잖아요."

민준이는 배시시 웃었다. 언어치료 수업이 민준이에게는 마치 놀이같이 느껴졌나 보다.

내가 장난감을 직접 고를 수 있는 선택권을 자주 주었기 때문인지도 모르겠다. 자신이 놀이를 주도할 때 그리고 자신의 결정이 존중받을 때 아이들은 언어치료에 더 의욕을 가진다. 언어치료사와도 더 친밀감이 쌓인다. 때로는 장난감 선택권을 일종의 보상으로서 활용하기도 한다. 내가 계획한 첫 번째 활동과 두 번째 활동을 아이가 열심히 하면 세 번째 활동은 아이가 고른 장난감을 가지고 진행하는 식이다. 힘든 활동을 해내고서 원하는 장난감을 손에 쥘 때 아이들은 성취감과 뿌듯함에 함박웃음을 짓는다. 물론 아이가 고른 장난감으로 놀이를 하는 것도 어디까지나 언어치료의 일환이다. 아이에게 건네는 말 속에 '위' '아래' '옆'과 같이 위치에 대한 표현을 넣을지, '넣어' '올라와' '빼'와 같이 움직임에 대한 표현을 넣을지, '빨간 자동차가 앞에 있어. 파란 자동차가 뒤에 있어'와 같이 다소 긴 문장 단위의 표현을 넣을지 미리 정해 놓는다. 아이의 언어 수준과 재활 목표에 맞는 언어 자극을 주기 위해서다. 그럴 때조차도 아이가 놀이의 주도권을 놓치지 않도록 주의한다. 어른이 주도하는 놀이가 즐거울 리 없고, 아이가 즐거워하지 않는다면 그것은 진짜 놀이가 아니니까.

"민준아, 오늘은 어떤 장난감을 가지고 놀까? 민준이가 정해 봐."

"저는…… 이거요!"

민준이의 손에 들린 장난감은 커다란 소방차였다. 민준이가 소방차 놀이를 시작하자 유치원에 큰불이 나서 아이들이 대피하는 상황이 펼쳐졌다. 다행히 소방차가 빠르게 등장해 불을 꺼 주었다. 그런데 이번에는 유치원 옆에 있는 백화점으로 불이 옮겨 붙었다. 소방관 민준이는 다급히 백화점으로 소방차를 몰았다.

"애앵애앵, 소방차가 도착했습니다. 이제 물을 쏴서 불을 끌 거예요."

"어디부터 물을 쏘면 돼요? 1층이에요? 2층이에요?"

"2층이에요. 모두 대피하세요."

"어떻게 대피해야 돼요? 엘리베이터를 타면 되나요?"

"불나서 엘리베이터는 위험해요. 사다리 타고 내려오세요."

소방차 놀이에 몰입해 있던 민준이가 문득 멈칫했다. 잠시 멍한 표정이 떠오르는가 싶더니 나를 향해 멋쩍은 미소를 지었다.

"민준아, 왜?"

"영어 써야 되나 해서요."

"응? 영어?"

"어제 엄마가 집에서 영어 잘 안 쓴다고 뭐라고 했거든요. 지금은 그럴 필요가 없는데 깜빡했어요."

민준이는 다시 놀이에 집중했다. 그 모습을 보며 마음이 아팠다. 언어치료를 하는 와중에도 여전히 엄마는 일상에서 영어에만 집중하고 있는 것이다. 민준이가 얼마나 부담감을 가졌으면 영어와 전혀 상관없는 장소에서 놀 때조차 영어를 의식할까. 과연 집에서는 말 한마디 편하게 할 수 있을까.

아이가 어릴수록 다른 언어를 잘 습득한다고들 한다. 마치 모국어를 배우듯 스펀지처럼 자연스럽게 흡수한다는 것이다. 그래서 아직 우리말이 서툰 아이들조차 영어 유치원에 보내진다. 우리말과 영어를 함께 잘 받아들이는 아이들도 분명 많겠지만 그러지 못하고 힘들어하는 아이들도 많다. 민준이처럼 영어 유치원을 다니다가 언어치료를 받는 경우도 생긴다. 단지 영어를 잘 배우지 못하는 정도에서 그치지 않고 우리말을 구사하는 데 혼란을 겪는 것이다. 그뿐 아니라 자존감이 낮아져 심리적으로 위축되기도 한다. 내가 영어 전문가는 아니니 영어 학습에 대해 이렇다 저렇다 말을 보태긴 뭐하지만, 영어 유치원은 아이의 언어적 자질이나 심리적 특성을 잘 관찰해 보고 조심스럽게 판단했으면 한다. 아무리 좋은 교육이라 한들 내 아이에게 맞지 않다면 무슨 소용이랴.

민준이는 몇 달 동안 언어치료를 받으며 우리말이 많

이 좋아졌다. 여전히 말할 때 자신감이 없어 눈치를 보긴 했지만 그래도 엄마는 만족스러워했다. 마지막 수업을 하던 날 민준이가 물었다.

"선생님, 영어는 꼭 해야 되나요? 안 해도 되나요?"

민준이가 내게 기대한 대답은 "꼭 하지 않아도 괜찮아"인 것 같았다. 하지만 엄마의 입장도 고려해야 하니 차마 그렇게 대답해 줄 수 없었다. 어쩔 수 없이 애매한 대답이 나왔다.

"영어가 필요한 때가 올 거야. 그때를 위해서 지금 준비하는 거지."

"근데 영어는 너무 힘들어요. 영어로 쓰는 것도 너무 어려워요. 숙제도 너무 많아요."

"힘들지? 그렇지만 하고 싶은 것만 할 수는 없거든. 민준이는 잘할 수 있을 거야."

"그래도 영어는 너무 힘든데……."

민준이는 말끝을 흐리다가 입을 다물어 버렸다. 그 말들은 사실 내가 아니라 엄마를 향해 하고 싶었을 것이다. 자신의 마음을 봐 주길, 자신이 힘들다는 사실을 알아주길 바라며.

그 후로 민준이 소식은 듣지 못했다. 아마도 엄마는 계속 민준이를 영어 유치원에 보냈을 것이다. 계획대로 사립 초등학교에 입학시켰을지도 모르겠다. 민준이는 원체 기질 자체가 순하고 성실해서 엄마가 이끄는 대로 잘 따를 것이다. 다만 잠시만이라도 엄마가 민준이의 목소리에 귀 기울였으면 좋겠다. 그러면 민준이는 더 행복한 아이가 될 수 있지 않을까.

현실에 눈을 감으면

언어치료 수업을 모두 마치고 퇴근을 준비하고 있는데 센터 전화기가 울렸다. 센터에 다니는 아이들의 부모님 전화번호는 대부분 저장되어 있어 전화벨만 울려도 누구인지 알 수 있다. 그런데 이번에는 이름이 뜨지 않는 낯선 전화번호였다. 언어치료를 문의하기 위한 전화라는 것을 직감했다.

"안녕하세요. 저희 아이가 발음이 안 좋아서 전화했는데요."

"네, 아이가 지금 몇 살인가요?"

"중학교 1학년이에요."

발음에 문제가 있어서 언어치료실에 오는 아이들은 대

개 만 세 살에서 다섯 살, 많아도 초등학교 1학년이다. 그런데 중학교 1학년 아이의 엄마가 발음 문제로 상담 전화를 하다니 의아했다.

"최근 들어서 아이에게 발음 문제가 있다고 느끼신 거예요?"

"그건 아니고요, 아이가 더 어렸을 때 언어치료를 받은 적이 있어요. 지금은 안 받고 있고요. 그런데 발음이 안 좋아요."

예전에 언어치료를 받았던 중학교 1학년 아이라면 그럴 수도 있겠다 싶었다. 언어 수준이 좋아져 언어치료를 종결했더라도 시간이 지나며 다시 문제가 일어나는 경우가 꽤 있다. 말더듬이 생기기도 하고, 읽기에 어려움을 느끼기도 하고, 발음이 나빠지기도 한다. 그러니 더는 언어치료를 하지 않는 상황이라도 꾸준히 아이의 언어생활을 살펴보며 주기적으로 검사를 하는 것이 필요하다.

"그렇군요. 그럼 언어치료를 종결했을 때는 아이 발음에 큰 문제가 없었던 걸까요?"

내 질문에 수화기 너머로 잠시 침묵이 흘렀다. 그 몇 초 동안 어쩐지 싸한 느낌이 들었다.

"어…… 그건 아닌데 중단하게 됐어요. 여하튼 지금 발음이 안 좋아요."

"어디서 언어치료를 받으셨어요?"

"장애인 복지관에서요. 참, 거기 발달재활 아동 바우처 가능하죠?"

장애인 복지관을 다녔다면 아이의 상황이 상당히 어려울 수도 있겠다는 짐작이 들었다. 하지만 이런 생각을 함부로 말할 수는 없었다. 아이를 실제로 만나기도 전에 미리 판단을 내리는 것은 언어치료사로서 해서는 안 되는 행동이다.

"어머니, 아이를 데리고 와서 검사를 받아 보시면 어떨까요? 제가 직접 아이 상태를 보면 좋겠어요."

"그렇게요. 아이가 발음이 안 좋아서 알아듣기가 힘들어요."

"검사 준비 때문에 여쭤보는 건데요, 아이가 평소에 대화를 하거나 지시를 따르는 데 어려움이 있을까요?"

"그런 어려움은 없어요. 근데 발음이 안 되니까 아이 말을 못 알아듣겠어요."

"네, 그럼 아이의 검사 결과를 보고 더 파악해 보도록 할게요."

"그런데 선생님, 발음이 좋아질 수 있는 거죠?"

내가 무슨 말을 해도 엄마의 대답은 발음 문제에만 맴돌았다. 언어치료를 받으면 아이 발음이 좋아질 거라는 확답을 듣고 싶어 하는 것 같았다. 어느 정도 의사소통이 가능한 아이들은 발음하는 방법만 익히면 상당히 좋아지곤 한다. 하지만 오랫동안 자기 식대로 발음하는 습관이 잡혀 있다면 완벽하게 고치기는 쉽지 않다. 더구나 어떤 부모님은 1퍼센트의 변화에도 감격하는가 하면 어떤 부모님은 50퍼센트의 변화에도 실망하니 내가 미리 단정해서 표현하는 것은 더욱 조심해야 한다. 바라는 대답이 나오지 않자 엄마는 실망한 듯했지만 어쨌든 검사 일정을 잡았다.

약속한 날짜에 엄마와 아이가 센터에 왔다. 중학교 1학년 연서는 또래보다 몸집이 컸지만 태도나 표정은 어딘가 어리숙하고 불안정해 보였다. 단지 발음만이 문제가 아님을 단박에 알 수 있었다. 검사 결과는 역시나였다. 연서는 언어능력뿐 아니라 전반적인 인지 수준이 초등학교 저학년과 비슷한 정도였다. 의사소통이 안 된다고 할 수는 없지만 그렇다고 잘된다고 할 수도 없는 상태. 그런데도 일반 중학교에서 수업을 받고 있으니 친구 관계에서도 학습에서도 어려움을 겪고 있을 것이 뻔했다.

"어머니, 연서는 발음만이 아니라 여러 문제가 있어요. 그동안 걱정이 많으셨겠어요."

"그럼 발음이 좋아질 수는 있을까요?"

"지금은 발음보다도 다른 부분들이 더 우려돼요. 연서가 일반 교실에서 생활하기 힘들어할 것 같아요. 여기 검사 결과지를 보면서 말씀드릴게요."

내가 설명하는 동안 엄마는 가만히 듣고만 있었다. 깜짝 놀라는 기색은 보이지 않았다. 이미 엄마도 검사 결과를 예상하고 있었던 것이다. 연서는 의사소통이 어느 정도는 가능한 아이니까 더 어렸을 때는 이런 문제들을 어물쩍 넘어갔을 수도 있다. 장애인 복지관을 다니기는 하지만 장애 판정을 받기는 아직 애매하다는 진단이 나왔는지도 모른다. 하지만 학년이 올라가면서 점점 문제가 불거질 수밖에 없었을 것이다. 더구나 그나마 진행하던 언어치료를 애매하게 끝내 버렸으니 발음만이 아니라 읽기, 쓰기 등 전반적인 언어 발달이 뒤처졌을 것이다. 연서를 가장 가까이서 보는 사람인 엄마가 그런 사실을 모를 수 없었다.

내가 설명을 마친 후에도 엄마는 한참 동안 침묵을 지키다가 겨우 입을 열었다.

"제가 먼저 연서에 대해 이렇다 저렇다 말하면 편견을 드리는 셈이 되잖아요. 그러면 언어치료를 못 한다 하실 수도 있고……."

"어머니, 언어치료사는 그런 편견을 가지지 않아요. 오히려 언어치료사에게 정확한 정보를 말씀해 주시는 게 아이를 위해 더 좋지요. 그래야 치료 계획을 더 정확하게 세울 수 있으니까요."

"어쨌든 저는 연서 발음만 해결되면 돼요."

이런 상황에서 또다시 발음 이야기라니. 마치 단단한 벽을 마주한 듯했다.

"발음도 발음이지만 다른 언어 문제부터 신경 쓰는 게 좋을 것 같아요. 예를 들어 어휘나 문법 같은 걸 채워 주면 도움이 될 거예요."

"연서가 좀 떨어지는 면이 있긴 해도 발음만 괜찮으면 대화할 때 다른 사람들이 모를 거 아니에요."

전화했을 때와 마찬가지였다. 상담하는 동안 엄마의 대답은 도돌이표처럼 발음 문제로 돌아왔다. 덩달아 내 말도 도돌이표처럼 반복되었다. 실랑이하듯 겨우겨우 상담을 이어 가며 내가 왜 이런 대화를 계속하고 있을까 하는 생각마저 들었다.

그러다 깨달았다. 엄마는 연서의 상태를 외면하고 있구나. 편견을 줄까 봐 이야기하지 않은 것이 아니라 엄마 자신이 외면하고 있어서 이야기하지 않은 것이리라. 발음만 좋아지면 별 문제가 없는 아이라고, 아니, 발음만 좋아지면 남들 눈에 이상해 보이지 않는 아이라고 믿고 싶은 것이다. 연서는 버거운 환경에서 힘들어하고 있는데도 엄마는 자신만의 믿음에 빠져 연서에게 무엇이 필요한지 알려 하지 않는 듯했다.

아이의 장애를 받아들이는 것이 쉬울 리 없지만 그래도 장애가 명백한 경우에는 대체로 부모님이 빨리 인정하고 언어치료를 시작한다. 오히려 문제는 장애의 정도가 애매한 경우다. 아이가 장애와 비장애의 경계선에 걸쳐 있을 때 '우리 애가 설마' 하고 현실에 눈을 감는 부모님들을 많이 보았다. '커 가면서 나아지겠지' 하는 미련으로 언어치료를 거부하기도 한다. 장애가 심하지 않으니 그만큼 언어치료의 효과가 더 클 수 있는 아이인데도 적기에 언어치료를 받지 못해 발달의 기회를 놓치고 만다. 시간이 지나며 자연스레 좋아지기는커녕 도리어 문제가 더욱 커진다. 그 피해는 고스란히 아이의 몫이다.

"어머니, 연서 같은 아이들은 인지능력이 아주 나쁜 건 아니기 때문에 언어치료를 꾸준히 받으면 어느 정도 좋아질 수 있어요. 연서에게는 발전 가능성이 있는데 오랫동안 언어치료를 쉰 것이 너무 안타까워요. 그래도 포기하기엔 아직 늦지 않았어요. 지금이라도 시작하면 돼요."

결국 원하는 대답을 듣지 못했기 때문일까. 간곡한 호소에도 그날 이후 연서 엄마에게서는 아무 연락이 없었다. 지금도 연서를 떠올리면 마음이 아려 온다. 적절한 환경에서 적절한 도움을 받으면 연서의 눈빛이 훨씬 밝아질 수 있을 텐데. 우리 센터가 아니라 다른 곳에서라도 언어치료를 받으면 좋겠다. 하지만 엄마의 태도를 보면 그럴 가능성은 높지 않은 것 같다. 이럴 때 언어치료사로서 무력감을 느낀다. 더 강한 표현으로 엄마를 설득해야 했나 후회도 된다.

부모 자신이 아니라 아이의 입장을 기준으로 생각하면 아이를 위해 무엇을 해야 하는지 보인다. 부정하고 외면한다고 해서 아이의 특성이 달라지거나 사라지는 것은 아니다. 아이는 현재의 모습 그대로 온전히 이해받아야 하는 존재다.

뽀로로 나라에 사는 아이

세 살 시원이는 언어치료실에 들어오자마자 선반에 놓인 여러 장난감 가운데 하나를 딱 가리켰다.

"나, 저거! 저거!"

뽀로로와 친구들 캐릭터 인형들이 모여 있는 이층집 장난감이었다. 장난감을 건네주자 시원이는 환하게 웃었다. 곧바로 인형 놀이가 시작되었다. 시원이는 인형을 움직이며 끊임없이 조잘조잘 말했다.

"뽀로로가 넘어졌어. 큰일 날 뻔했어."

"해리야, 노래 그만 불러. 시끄러우니까 잠을 잘 수 없잖아."

"루피는 너무 더워서 물에 들어가고 싶어."

"얘들아, 맛있는 쿠키를 만들자."

지극히 평범하고 자연스러운 세 살 아이의 모습이었다. 제법 긴 문장도 구사하는 것으로 보아 언어 발달에 별 문제가 없는 것 같았다. 하지만 시원이를 계속 지켜보다 보니 어딘가 어색했다. 무어라 딱 꼬집어 설명할 수 없는 이질감이 느껴졌다. 말은 하는데 대화는 되지 않는 느낌이었다.

시원이의 즐거운 모습과 달리 엄마는 잔뜩 위축되어 있는 듯했다. 아이를 바라보는 눈에는 심란함이 가득 담겨 있었다.

"어머니, 시원이의 어떤 점 때문에 오셨어요? 걱정되는 부분이 있으세요?"

"시원이가 말은 잘하는데요……."

엄마는 머뭇머뭇하다가 말했다.

"근데…… 똑같은 말만 해요."

그리고 이어진 이야기는 시원이의 언어 문제에 대한 것이 아니었다. 엄마 자신이 시원이를 키우며 얼마나 힘들었는지에 대한 것이었다. 엄마는 시원이를 낳고서 오롯이 혼자 육아를 떠안아야 했다. 남편은 야근과 주말 근무가 일상이었고 양가 부모님은 너무 멀리 있었다. 사람을 쓸 형편도 못 되었다. 시원이는 예민하고 까다로운 아기였다. 한번 재울 때마다, 한번 먹일 때마다 엄마는 진땀을 흘렸다. 무엇 하나 쉽게 넘어가는 것이 없었다. 그래도 시간이 지나면 자연스레 나아지겠지 하는 희망으로 버텼다. 하지만 복직한 이후 상황은 더 힘들어졌다. 아침에는 엄마에게서 떨어지지 않으려는 시원이와 전쟁을 치르고, 저녁에는 한시도 가만히 있지 않는 시원이를 챙기며 집안일까지 해야 했다. 밤이라고 그냥 넘어가지 않았다. 시원이는 곤히 자다가도 한밤중에 갑자기 깨어나 큰 소리로 울곤 했다. 몸도 마음도 지친 데다 잠까지 부족하니 엄마는 나날이 살이 빠졌다.

하소연이 길어질수록 엄마의 목소리는 점점 격해졌다. 꾹꾹 눌려 있던 화가 한꺼번에 터져 나온 것일까. 그렇게 한참을 토로하던 엄마가 갑자기 입을 다물었다. 그러더니 내 눈길을 피하며 기어 들어가는 목소리로 말했다.

"진짜 너무 힘들어서…… 제가 살 수가 없었어요. 그래서…… 하루 종일 유튜브를 틀어 줬어요. 유튜브로 만화를 보여 주면 그나마 시원이가 가만히 있거든요."

내가 이질감을 느낀 이유를 그제야 알 수 있었다. 아기들은 주위 사람들, 특히 엄마 아빠가 말하는 모습을 지켜보며 언어가 발달한다. 엄마 아빠가 아기에게 말을 걸 때, 엄마 아빠가 서로 대화를 나눌 때 아기는 말 그 자체만이 아니라 말을 둘러싼 맥락과 상황까지 함께 익힌다. 즉 의사소통의 기술을 습득하는 셈이다. 그런데 시원이는 현실의 사람들이 아니라 유아용 애니메이션 속 캐릭터들을 보며 말을 배운 것이다.

우선 시원이의 언어 수준을 정확하게 파악하기 위해 검사를 실시해 보았다. 검사 결과, 언어 발달이 느린 것으로 나오긴 했지만 다행히도 심각한 정도는 아니었다. 문장을 구사하는 능력 자체는 그리 떨어지지 않았다. 하지만 대상과 상황에 맞는 말을 구사하는 능력에는 분명히 문제가 보였다. 시원이가 하는 말의 대부분은 뽀로로나 타요 같은 애니메이션 캐릭터의 대사를 따라 하는 것이었다. 단어와 문장만이 아니라 억양까지. 그렇다 보니 시원이에게 말을 걸어도 정상적인 대화로 이어지지 않았다.

"오늘 시원이는 뭐 하고 놀았어?"

"하하하하, 나는 여기에서 왔다. 너는 누구냐?"

"시원아, 선생님이 오늘 뭐 하고 놀았냐고 물었는데?"

"뭐 하고 놀았어? 타요가 너무 더러워졌잖아."

시원이는 내가 묻는 말에는 아무 관심이 없었다. 그저 그 순간 떠오르는 애니메이션 대사를 내뱉었다. 맥락에 맞지 않게 온통 뽀로로며 타요 이야기들뿐. 느닷없이 혼자 웃음을 터트리는가 하면 질문과 전혀 어울리지 않는 표정을 짓기도 했다. 결국 동문서답만 계속되었다. 시원이의 몸은 현실에 있지만 시원이의 마음은 전혀 다른 세상에 있는 것만 같았다. 여러 애니메이션 캐릭터와 함께 노니는 세상이리라.

엄마를 탓하고 싶지는 않았다. 아이를 지나치게 영상에 노출시킨 것은 분명 잘못이지만 그렇게 하기까지 얼마나 힘든 시간을 혼자 감내해야 했던가. 엄마의 말마따나 살 수가 없어서, 살기 위해서 한 일이었다. 더구나 이미 엄마는 자기 잘못을 누구보다도 잘 알고 있었다. 아이를 데리고 언어치료실에 오면서 후회하고 또 후회했을 것이다. 내 앞에서 자신의 고된 육아를 토로한 것은 언어치료사에게 나쁜 엄마라고 혼날까 봐 두려움에 친 방어막이었다.

엄마의 입장을 이해한다 하더라도 분명한 점은 이제라

도 시원이를 영상에 덜 노출시켜야 한다는 것이었다. 영상에 과도하게 몰입하게 된 아이는 영상을 통한 일방적인 언어 자극에 의존한다. 이러한 상태가 지속되다 보면 자폐 스펙트럼과 유사한 증상이 나타날 수도 있다. 나이가 어릴수록 더욱 그렇다. 의미 없는 말을 혼자 중얼중얼하고 다른 사람에게 관심을 가지지 않는다. 옆에서 말을 걸어도 대화를 거부한다. 지금 시원이의 모습이 딱 그랬다.

"어머니, 힘드시겠지만 그래도 시원이에게 영상을 안 보여 주셔야 해요. 아예 안 보여 주시는 게 어렵다면 천천히 줄여 나가셔야 해요. 그래야 한다는 거 어머니도 잘 아시죠?"

엄마는 한결 침착해진 얼굴로 고개를 끄덕였다. 그 표정에서 아이를 위해 노력하겠다는 다짐이 보였다.

며칠 후 엄마와 시원이는 다시 언어치료실에 왔다. 그 사이 엄마에게는 새로운 고민이 생겨났다.

"선생님, 시원이한테 영상을 안 보여 주려다 보니까 제가 직접 시원이랑 놀아 줘야 하더라고요. 그런데 어떻게 놀아 줘야 할지, 무슨 말을 해 줘야 할지 모르겠어요."

"어머니, 뭘 해야겠다, 뭘 가르쳐야겠다 하는 생각을

하지 마시고 그냥 시원이가 좋아하는 놀이를 같이 하면서 즐거운 시간을 보내세요. 그게 소통의 시작이에요."

영상에 의존하는 동안 시원이만 타인과 의사소통하는 법을 배우지 못한 것이 아니라 엄마 역시 아이와 의사소통하는 법을 배우지 못한 것이다. 하지만 어렵게 생각할 필요도, 부담을 가질 필요도 없다. 거창한 놀이를 해 주어야 하는 것도, 특별한 말을 건네야 하는 것도 아니다. 그저 아이의 마음과 시선을 따라가면 된다. 눈을 마주치며 함께 웃는 것으로 충분하다. "지금 소방차를 집었네" 하고 아이가 하는 행동을 간단히 설명해 주기만 해도 훌륭한 엄마표 언어 자극이다.

시원이의 언어치료 수업도 놀이를 바탕으로 진행되었다. 시원이가 애니메이션 캐릭터 장난감을 가지고 노는 동안 옆에서 계속 질문을 던졌다. 시원이의 말에 공감해 주면서도 내 질문을 통해 다른 이야기로 이어지도록 유도했다. 시원이가 자기만의 세계에 몰두해 혼자 의미 없는 말을 할 때도 끊임없이 내 질문을 상기시켰다.

"뽀로로가 넘어졌어. 다리를 다쳤어."

"저런, 아프겠구나. 아프면 어디로 가야 할까?"

"뽀로로가 너무 아파. 엉엉 울어."

"아프면 어디로 가지? 뽀로로를 어디로 데려갈까?"

"병원으로 가야지. 뽀로로, 병원에 가자."

"그렇지, 병원. 근데 병원 가려면 구급차를 타야겠네. 구급차가 어디 있더라?"

"구급차 저기 있어. 구급차가 삐뽀삐뽀."

"와, 시원이는 구급차도 잘 아는구나. 대단하네."

시원이는 조금씩 바뀌어 갔다. 네모난 화면 속 애니메이션 캐릭터 대신 엄마와 눈을 맞추며, 성우의 목소리 대신 엄마의 목소리를 들으며 자기만의 세계에서 빠져나왔다. 뽀로로나 타요에만 쏠려 있던 관심사가 다른 사람이나 장난감으로 확대되었다. 언어치료 수업을 할 때도 혼자만의 중얼거림에 머물지 않고 제법 대화다운 대화가 이루어졌다.

스마트폰으로 언제나 쉽게 영상을 볼 수 있고 유튜브에서 온갖 영상을 만날 수 있는 시대, 아이들은 너무 일찍부터 영상에 과도하게 노출되고 있다. 영상 덕분에 부모님들이 그나마 잠시 숨을 돌리며 여유를 가질 수 있다는 사실을 나도 잘 안다. 영어 애니메이션이나 교육용 프로그램은 부모님들에게 '이런 영상을 보는 건 그래도 괜찮지' 하는 위안을 주기도 한다. 하지만 아무리 좋은 영상이라도 결코 엄마 아빠의 역할을 대신하지 못한다는 사실을 부모님들이 알아 주었으면 하는 바람이다.

엄마 아빠의 목소리만큼 아이에게 강력한 언어 자극이 되는 것은 없다. 엄마 아빠와의 놀이만큼 아이를 쑥 성장시키는 것은 없다. 아이에게 언제나 가장 필요한 것은 엄마 아빠와 함께하는 시간이다.

아이들은 서로에게 배운다

그룹 언어치료 수업이 있던 날. 수업을 마치고 탁자를 정리하고 있는데 재희 엄마가 다가왔다.

"선생님, 따로 말씀 좀 나눌 수 있을까요?"

여섯 살 재희는 언어 발달이 다소 늦어 몇 달째 언어치료실을 찾고 있는 아이였다. 긴 문장을 말할 때면 자주 말이 꼬였고 몇몇 발음이 정확하지 않았다. 적극적인 성격이라 말을 많이 하는데 자꾸 어색한 모습이 튀어나오는 바람에 또래들과 대화가 삐걱거렸다. 그러다 보니 말하다가 불쑥 상대방에게 화를 내기 일쑤였다. 언어 문제가 친구 관계에도 부정적인 영향을 미치고 있는 셈이었다.

재희가 그룹 언어치료에 참여한 것은 이번이 처음이었

다. 수업을 받는 동안 옆에서 지켜보던 엄마의 표정은 다소 굳어 있었다. 그룹 언어치료에 불만스러운 부분이 있어 상담을 요청한 것이 아닌가 싶었다.

그룹 언어치료는 명칭 그대로 여러 아이가 모여 진행된다. 보통 네 명에서 여덟 명 정도. 어느 정도 나이가 있어 또래들과의 상호 작용이 중요한 아이들이 주로 참여한다. 이 시기 아이들 중에는 가족이나 언어치료사와 일대일로 하는 소통은 그럭저럭 잘하지만 또래들과의 소통에는 어려움을 겪는 경우가 있다. 어린이집, 유치원, 학교 같은 공동체 생활에서 친구를 사귀지 못하고 소외되는 바람에 또래들과 소통할 기회가 더욱 부족해진다. 그룹 언어치료는 이러한 아이들이 함께 놀이를 하며 언어능력과 사회성을 동시에 키우도록 도와준다.

최근 들어 그룹 언어치료에 대한 부모님들의 관심이 부쩍 높아졌다. 센터에서 모집 공고를 띄우면 금방 정원이 찬다. 공고가 없을 때도 자주 문의 전화가 걸려 온다. 부모님들이 아이의 언어 문제뿐 아니라 그로 인해 발생하는 사회성 문제까지 고민하기 때문일 것이다.

그룹 언어치료를 문의하는 부모님들의 첫 질문은 대개

연령대에 대한 것이다.

"지금 일곱 살 그룹 모집하나요?"

"저희 애가 여섯 살인데 가능한 그룹 있나요?"

그다음에 나오는 질문들도 비슷비슷하다.

"그룹 구성이 어떻게 되나요?"

"어떤 아이들이 그 그룹 안에 있나요?"

당연한 질문이다. 그룹 언어치료의 특성상 그 안에서 만나게 될 친구들이 누구인지가 중요하니까. 그런데 때로 이런 질문이 이어지기도 한다.

"저희 애보다 잘하는 애들이 많았으면 좋겠거든요. 저희 애보다 못하는 애들이 더 많으면 안 되는데. 그렇진 않겠죠?"

언어치료사가 그룹을 구성할 때 보통은 나이가 첫 번째 기준이 된다. 하지만 유일한 기준은 아니다. 같은 나이 아이들로만 그룹을 짜면 언어 수준이 너무 천차만별이 되어 놀이가 제대로 이루어지지 않는다. 그렇다고 언어 수준만 기준으로 삼으면 네 살부터 초등학교 고학년까지 한 그룹으로 묶이는데 이런 경우에도 역시 진행이 원활하지 않다. 그래서 나는 아이들 각각의 나이와 언어 수준을 종합적으로 고려하곤 한다. 이렇게 할 때 아이들도 부모님들도 만족도가 높고 수업 목표도 잘 달성할 수 있다.

여러 사항을 고심해서 구성한 그룹이라 해도 막상 수업을 시작해 보면 전혀 예측 못 한 방향으로 진행되기도 한다. 아이 혼자 있는 상황에서는 보이지 않았던 문제 행동이 드러날 때도 있고, 반대로 언어치료사가 우려하고 있던 문제 행동이 의외로 나오지 않을 때도 있다. 예측 불가이기에 더 역동적이랄까. 그 역동성이야말로 그룹 언어치료의 묘미가 아닐까 싶다. 이 모든 것이 아이들에게는 배움이 된다.

그런데 언어치료사가 그룹을 구성하는 기준이 부모님의 바람과 충돌할 때가 있다. 부모님들은 이왕이면 내 아이보다 말을 잘하는 친구가 많기를 바란다. 그래야 좋은 본보기가 되어 줄 거라 믿기 때문이다. 시간도 돈도 만만치 않게 드는 그룹 언어치료이기에 그만큼 그룹 구성에 예민해지는 부모님의 심정은 충분히 이해한다. 하지만 아이들의 언어 수준은 일렬로 줄 세우기를 해서 순위를 정할 수 있는 것이 아니다. 단순히 말을 잘하냐 못하냐를 따지기보다는 내 아이가 어떤 상황인지, 그룹 안에서 어떤 역할을 하는지 감안해야 한다.

나와 마주 앉은 재희 엄마는 조심스럽게 말을 꺼냈다.

"선생님, 제가 오늘 수업을 같이한 아이들을 보니까 다 우리 재희보다는 말을 못하더라고요. 특히 그 키 작고 머리 긴 친구 말인데요, 걔는 그룹 안에서 너무 떨어지는 거 아닐까요? 말 자체를 제대로 하지 못하는 것 같아요. 재희가 이 그룹에서 얻어 가는 게 뭐가 있을지 제가 좀 걱정이 돼요."

재희 엄마가 말하는 '키 작고 머리 긴 친구'가 누구일까 생각해 보았다. 그리고 그룹 안에 있던 아이들 하나하나를 떠올려 보았다. 오늘 수업에서 어떤 활동을 했는지, 어떤 일이 있었는지도 떠올려 보았다.

"무슨 말씀이신지 이해가 돼요. 걱정하시는 부분도 뭔지 잘 알겠고요. 그런데 이 그룹에서 재희가 잘하는 아이인 건 맞지만 모든 면을 다 잘하는 아이인 건 아니에요."

내 말에 엄마는 의아한 듯 고개를 갸웃했다. 그룹 안에서 재희의 언어 수준이 가장 높다고 확신하고 있기 때문이리라. 언뜻 보아서는 그렇게 느껴질 수도 있었다. 수업 내내 재희가 말을 가장 많이 하고 표현도 가장 풍부했으니까. 하지만 내 눈에는 다른 점들도 보였다.

"아까 말씀하신 그 친구는 아람이인데요, 아람이는 이 그룹에서 화용 언어가 가장 뛰어나요. 상황에 맞게 적절한 말을 할 줄 안다는 거죠. 또 아람이는 다른 아이들을 배려하고 기다리는 것도 아주 잘해요. 재희가 자기 말만 하거나 남의 말에 급하게 끼어들 때 좋은 본보기가 되죠. 그리고 재희 옆에 앉아 있던 수찬이는 다른 사람들 말을 집중해서 잘 듣기 때문에 지시를 수행하는 능력이 좋아요. 지시를 하면 한 번에 이해하거든요. 재희는 남의 말을 끊고 자기 고집대로 하고 싶어 할 때가 있는데 수찬이의 이런 점을 보고 배우면 좋을 거예요."

다른 아이들을 낮추어 판단한 것이 오해라는 사실을 깨닫고 엄마는 멋쩍은 표정을 지었다. 무슨 악의가 있어서 그런 오해를 했을 리는 없다. 다만 엄마로서 내 아이가 먼저 눈에 들어오다 보니 미처 보지 못한 부분이 있었을 뿐이다.

"물론 재희도 다른 아이들에게 좋은 본보기가 돼요. 워낙 적극적으로 말하고 좋은 표현도 많이 쓰니까요. 오늘도 그래요. 재희가 다른 친구의 그림을 보고서 '나비 같다'라고 정확한 비유를 써서 제가 굉장히 칭찬했어요. 어머니도 보셨죠?"

불안감이 해소된 데다 재희에 대한 칭찬까지 들은 엄마는 밝은 표정으로 돌아갔다. 그 모습을 보며 고마운 마음이 들었다. 엄마가 내 설명에 금방 납득한 것은 평소 나를 신뢰하고 있었기 때문이니까.

언어치료실 밖에서 또래 아이들과 있을 때는 원활하게 대화하지 못하던 재희는 그룹 언어치료에서 한결 편안한 태도로 대화하는 모습을 보여 주었다. 말할 기회가 더 많이 주어지니 자신감이 생긴 덕분이다. 앞으로 이 친구들과 그룹 언어치료를 계속하다 보면 재희에게 부족한 사회성도 채울 수 있을 것이다.

아이들은 저마다 장점과 단점을 가지고 있다. 모든 면에서 뛰어난 아이도 없고 모든 면에서 떨어지는 아이도 없다. 어떤 면을 잘하면 다른 면은 어려워하고, 어떤 면을 못하면 다른 면은 수월히 한다. 친구의 부족한 면은 보완해 주고 뛰어난 면은 배우며 아이들은 서로가 서로에게 도움을 준다. 그룹 언어치료를 할 때마다 아이들이 나름의 색깔을 가지고 각자의 몫을 해내는 것을 확인하곤 한다. 그

그룹 언어치료를 할 때마다 아이들이 나름의 색깔을 가지고
각자의 몫을 해내는 것을 확인하곤 한다.
그리고 아이들은 정말 친구들을 좋아하는구나,
친구들과 즐겁게 어울릴 때 빛이 나는구나 느낀다.
친구들을 대하는 아이들의 마음속에는 아무런 편견이 없다.

리고 아이들은 정말 친구들을 좋아하는구나, 친구들과 즐겁게 어울릴 때 빛이 나는구나 느낀다. 친구들을 대하는 아이들의 마음속에는 아무런 편견이 없다.

아이의 언어가 성장하기를 바라는 마음은 부모님이나 언어치료사나 똑같다. 차이가 있다면, 언어치료사는 전문가로서 수많은 사례를 접하고 여러 아이를 상대하기에 좀 더 객관적이고 폭넓은 시선으로 아이를 볼 수 있다는 점이다. 물론 부모님이 아이에 대해 가장 잘 알겠지만 때로는 내 아이에게만 매몰되어 시야가 좁아지기도 한다. 그룹 언어치료에서는 더더욱 그렇다. 부모님이 마음을 열고 언어치료사의 판단을 신뢰할 때 언어치료가 효과적으로 이루어질 수 있다. 아이의 언어 발달을 위해 최선의 방법을 강구하며 노력하는 사람이 바로 언어치료사다.

희망을 놓아서는 안 되는 이유

아이들의 언어치료에서 수업만큼 중요한 것이 부모님과의 상담이다. 언어치료사와 부모님이 함께 아이의 상태를 명확하게 파악하고 치료 과정을 공유해야 언어치료의 효과를 높일 수 있기 때문이다. 부모님과 상담을 하다 보면 종종 듣는 말들이 있다.

"언어치료를 열심히 받으면 나을 수 있는 거죠?"

"얼마나 언어치료를 받아야 괜찮아지나요?"

"언어치료를 받은 뒤에는 정상적으로 크게 될까요? 일반 아이랑 같아질까요?"

아이가 자라다 보면 감기에 걸리거나 상처가 나는 일이 생기기 마련이다. 대수로운 일은 아니다. 약을 먹든 반

창고를 붙이든 적절히 치료해 주면 아이는 별 이상 없이 회복하니까. 많은 부모님이 언어치료에서도 그런 것을 기대한다. 언어치료가 우리 아이를 언어 문제로부터 해방시켜 줄 거라고. 물론 감기보다 훨씬 어려운 문제이긴 하지만 그래도 결국은 말끔히 낫게 될 거라고. 우리 아이가 정상이 될 거라고. 그렇게 기대하는 마음은 지극히 당연하다. 그런데 때로는 그 기대가 희망 고문이 되어 도리어 부모님을 괴롭히기도 한다.

지레 포기하라는 것이 아니다. 한계를 미리 그어 버리라는 것도 아니다. 아이가 어떤 가능성을 가지고 있는지는 아무도 예단할 수 없다. 때로 아이는 누구도 상상 못 한 기적을 보여 주기도 한다. 하지만 아이의 상황을 객관적으로 파악하고 언어치료의 목표를 현실적으로 설정하는 것이 일차적으로 필요한 일이다.

언어치료가 언어 문제의 만병통치약이 되지는 못한다. 어쩌면 언어치료로도 다 해결되지 않는 영역이 더 클 수도 있다. 나도 언어치료사로서 아이가 정상 범위의 언어 수준에 이르기를 바라지만 쉽지 않은 경우를 자주 본다. '정상'이라는 개념이 상대적이라 부모님마다 정상의 의미가 조금씩 다르다는 점을 감안해도, 분명한 사실은 많은 아이가 부모님이 기대하는 정상의 범주에 다다르지 못한다는 것이다.

이러한 점을 외면하고 언젠가 정상이 될 수 있겠거니 마냥 기대를 가지다 보면 부모님은 자꾸 조급해진다. 더구나 정상이 될 수 있다는 기대는 정상에 다다르지 못하면 아무 의미가 없다는 생각으로 이어져 부모님을 더욱 애타게 만든다.

지나친 기대를 가진 부모님일수록 상담을 진행하는 것이 쉽지 않다. 그날그날 아이가 보인 반응이나 언어치료사가 건넨 피드백에 따라 부모님의 감정이 널뛰기하듯 오르락내리락하기 때문이다. 그래서 나는 막연히 좋아질 거라는 말은 가급적 피한다. '정상'이라든가 '일반', '보통' 같은 단어도 삼가려고 주의한다.

그런데 이보다 상담이 더 힘든 상황이 있다. 부모님이 아이에게 전혀 기대가 없는 경우다.

도훈이는 곧 초등학교에 입학할 나이인데도 할 수 있는 말이 거의 없었다. "으으" "아아" 하고 의성어에 가까운 소리만 내는 수준이었다. 언어만 발달이 더딘 것이 아니라 전반적인 행동도 서툴고 거친 편이었다. 처음 본 순간부터 언어치료가 쉽지 않을 것을 예감했다. 하지만 언어치료를 받을수록 도훈이에게 점점 변화가 일어났다. 수업을 앞두고 있을 때면 도훈이가 또 어떤 새로운 모습을 보여 줄까 기대될 정도였다.

도훈이와의 수업이 나를 설레게 했다면 도훈이 엄마와의 상담은 나를 난감하게 했다.

"오늘은 도훈이가 그동안 잘 하지 않던 발음을 소리 내어 했어요."

"네."

"또 원하는 장난감을 스스로 가리키면서 달라고 요청하기도 했어요."

"네."

"알아듣는 어휘도 꾸준히 늘고 있어요. 참 대견해요."

"네."

"제가 처음에 세운 목표와 비교해 보면 언어 수준이 정말 많이 올라왔어요. 목표를 더 높여도 될 것 같아요."

"네."

어떤 말을 해도 도훈이 엄마의 대답은 언제나 똑같이

단답형뿐이었다. 얼굴에서는 아무런 표정도 읽을 수 없었다. 비관적인 이야기라면 또 모를까, 도훈이가 확실히 나아지고 있다는 희망적인 이야기인데도 그런 반응이라니 당황스러웠다.

언어치료를 시작한 지 6개월쯤 되었을 때였다. 도훈이 엄마에게서 좀 더 적극적인 반응을 끌어내기 위해 대화 주제를 약간 틀어 보았다.

"어머니, 언어치료라는 게 꼭 언어치료실에서만 되는 게 아니거든요. 집에서도 도훈이랑 같이 연습해 주시면 좋겠어요."

"네."

"꼭 필요한 일이에요. 도훈이가 집에서 언어 자극을 더 많이 받으면 그만큼 더 속도가 날 거예요."

"근데……."

도훈이 엄마는 잠시 머뭇거렸다. 그러다 조용히 한숨을 내쉬고 말을 이었다.

"속도가 난다 한들…… 어차피 다른 애들에 비하면 한참 늦잖아요. 따라갈 수 없는 거 아닌가요."

실제로 언어치료실에서 만나는 부모님들 중에는 도훈

이 엄마와 같은 경우가 드물지 않다. 아이가 좋아질 가능성은 희박하다고, 어떤 노력을 해 보았자 무의미하다고 자포자기해 있는 것이다. 그런 부모님들에게서는 단답형 대답과 무표정한 얼굴을 자주 볼 수 있다.

도훈이 엄마가 처음부터 저렇게 무기력한 모습은 아니었을 것이다. 그동안의 재활 기록을 보니 도훈이는 아주 어릴 때부터 언어치료만이 아니라 온갖 재활 치료를 꾸준히 받았다. 아이에게 아무 기대도 걸지 않은 엄마라면 절대 그럴 수 없었으리라.

언어치료사로서 이렇게 말하기가 참 안타깝지만, 열심히 언어치료를 받는다 해서 반드시 확실한 결과가 나온다는 보장은 없다. 부모님과 언어치료사가 아무리 애써도 아이는 계속 정체해 있을 수도 있다. 답답한 상황이 몇 년이고 이어지면 처음에는 열성적으로 노력하던 부모님이라도 점차 지쳐 간다. 돈은 돈대로, 시간은 시간대로, 체력은 체력대로 소진되는 것을 언제까지고 감내하기란 쉽지 않다. 부모님은 점차 기대를 내려놓고 포기하게 된다. 그렇다고 언어치료를 완전히 놓지도 못한다. 작은 희망이나마 남아 있기 때문이 아니다. 마음속으로는 언어치료의 효과에 회의적이면서도, 정기적으로 언어치료를 받아야 하는 일정에 벅차하면서도, 결정을 망설이며 언어치료실을 오가기만 하는 것이다. 그저 습관처럼 하는 관성적 행동에 가깝다.

하지만 영원히 정체되어 있을 것만 같던 아이가 어느 순간부터 진전을 보이는 경우도 많다. 그동안 축적된 노력이 사라지지 않고 아이 안에 차곡차곡 쌓여 있다가 마침내 변화를 만드는 것이다. 기대를 완전히 내려놓아서는 안 되는 이유다. 하지만 이미 지칠 대로 지쳐 무기력해진 부모님은 이런 사실이 와닿지 않는다. 언어치료사가 상담 시간에 하는 말들이 그냥 귀를 스쳐 지나간다.

이런 부모님에게는 무엇보다도 격려가 필요하다. 아이를 위해서도 부모님의 마음을 일으켜 주어야 한다. 비행기에서 위급 상황이 발생해 산소마스크를 써야 할 때 어른이 먼저 쓰고 그다음에 아이에게 씌워 주는 것이 원칙이다. 아이의 산소마스크를 챙겨 주려다 어른이 먼저 의식을 잃으면 아이도 어른도 다 위험해지기 때문이다. 그 원칙은 언어치료에서도 마찬가지다. 부모님이 기운을 내야 아이도 기운을 차릴 수 있고, 부모님이 의지가 있어야 아이도 의지를 다질 수 있다.

도훈이 엄마와 상담을 할 때마다 이런 말들을 건넸다.

"여기까지 오느라 고생하셨어요."

"어머니 덕분에 도훈이가 좋아지고 있어요."

"항상 애써 주셔서 감사해요."

"어머니가 정말 대단하신 거예요."

몇 달이 지나도록 도훈이 엄마에게 제대로 된 대답을 듣지 못했다. 말을 꺼낸 내가 민망할 때도 많았다. 그래도 격려의 말을 멈추지 않았다. 그사이에도 도훈이의 언어 수준은 느리지만 꾸준히 올라갔다. 점차 스스로 행동을 통제하는 모습도 보였다.

그러던 어느 날 으레 그랬듯 격려의 말을 하려는데 도훈이 엄마가 먼저 입을 열었다.

"선생님, 요즘 도훈이가 달라지긴 달라진 것 같아요. 저도 도훈이랑 더 노력해야겠다 싶어요."

엄마의 얼굴에는 옅은 미소도 피어 있었다. 그런 엄마를 향해 나는 더욱 환한 미소를 지었다.

기대를 마냥 높이는 것도, 기대를 아예 꺾는 것도 언어 치료에서는 금물이다. 정확한 판단을 바탕으로 한 현실적인 기대가 필요하다. 그래야 아이의 상태에 맞는 방법을 찾을 수 있고, 긴긴 언어치료의 과정을 지나 변화를 이끌어 낼 수 있다. 그렇다 보니 부모님에게 현재의 상황을 정확히 전하는 것도 언어치료사의 일이며, 아이를 칭찬하는 것 이상으로 부모님을 격려하는 것도 언어치료사의 일이다. 장밋빛 희망과 잿빛 절망 사이의 어딘가에서 언어치료사는 오늘도 부단히 균형을 잡는다.

그냥 좀 알아서 해 주세요

"안녕하세요, 언어치료실이죠? 저희 아이가 말이 늦어서요, 상담을 받아 보고 싶어서 연락드렸습니다."

내용만 보면 평범한 문의 전화. 그런데 듣다 보니 어색했다. 언어치료실에 처음 문의 전화를 거는 부모님들은 성격도 성향도 제각각이다. 다급하게 방문 날짜부터 잡으려고 하는 분, 미리 준비한 질문들을 차분하게 묻는 분, 격앙되어 지금까지 힘들었던 일들을 죽 늘어놓는 분……. 하지만 어떤 부모님이든 공통점이 있다. 아이를 위해 뭐라도 하고자 하는 절실함이 목소리에 묻어난다는 것. 그런데 이 전화는 달랐다. 지극히 사무적인 말투였다. 그것이 현성이 엄마로부터 받은 첫 느낌이었다.

바로 다음 날 상담 예약이 잡혔다. 약속한 시간에 대기실에 가 보니 긴 의자 가운데에 남자아이가 있고 그 양쪽으로 두 여성이 앉아 있었다. 아이 쪽으로 몸을 기울여 계속 말을 거는 여성과 심각한 표정으로 노트북을 들여다보는 여성.

"현성이 어머니?"

"네."

노트북을 보던 여성이 자리에서 일어났다. 아이에게 말을 걸던 여성은 알고 보니 베이비시터였다.

엄마는 다른 기관에서 받은 현성이의 언어 평가서를 건넸다. 평가서에 따르면 다섯 살 현성이는 언어 발달이 자기 나이보다 2년가량 지연되어 있었다. 긴 문장을 말하지 못했고 발음도 부정확했다. 평가서를 읽으며 현성이를 살펴보았다. 자꾸만 눈동자를 움직이고 눈을 깜빡깜빡하는 모습이 불안해 보였다. 신체적 문제인지, 심리적 문제인지는 모르겠지만 전반적으로 모든 행동이 부산스러웠다. 현성이는 끊임없이 장난감을 꺼내 달라고 요구했지만 막상 받고 나면 잠시 가지고 노는 듯하다가 금세 또 다른 장난감을 가리켰다.

평가서와 현성이를 번갈아 보며 어떤 말부터 꺼낼까 생각하고 있는데 엄마가 먼저 입을 열었다.

"제가 사업을 하느라 많이 바빠요. 아이를 가졌을 때부터 너무 바빴거든요. 지금도 바쁘고요."

그다음으로 이어질 말을 기다렸다. 엄마 자신이 바라본 현성이의 언어 상태라든지, 어린이집에서 현성이가 보인 문제라든지. 하지만 엄마의 말은 자신이 바쁘다는 이야기가 전부였다. 언어 평가서가 있으니 현성이에 대해서는 따로 설명할 필요가 없다고 생각한 것일까.

"어머니, 지금 현성이는 언어치료가 필요한 아이인 건 분명해요. 어머니가 바쁘시다면 현성이가 어떤 분과 언어치료를 받으러 올 수 있는지 궁금하네요. 평소에 현성이는 누가 돌보나요?"

"베이비시터가 돌봐요."

"아, 그럼 베이비시터분이 현성이를 데리고 언어치료실로 오시면 되겠네요. 아무래도 아이를 주로 돌보는 사람이 평소 아이에게 어떻게 언어 자극을 줘야 하는지 배워야 하니까요."

"그렇군요. 베이비시터와 얘기해서 여기 올 수 있는 시간을 맞춰 볼게요."

"그런데 아무리 베이비시터분이 자기 역할을 잘해 주신다 하더라도 어머니나 아버지께서 한 번씩은 오실 수 있을까요? 오셔서 현성이의 언어 성장도 보고 앞으로의 방향에 대해 상담도 나누시면 좋을 텐데요."

언어치료는 단지 언어치료실이라는 공간에만 머물러서는 안 된다. 아이가 집에서도 적절한 언어 자극을 받아야 언어치료가 제대로 이루어질 수 있다. 그렇기에 주 양육자의 역할은 아무리 강조해도 지나치지 않다. 주 양육자가 부모님이 아니어도 괜찮다. 맞벌이 가정도 많고 어린이집에 가는 연령도 어려진 만큼 주 양육자는 조부모나 베이비시터일 수도 있다. 그럼에도 여전히 부모님의 위치는 중요하다. 아이를 직접 돌보는 시간은 적다 해도 육아의 방향을 잡고 중요한 사항을 결정하는 사람은 여전히 부모님이기 때문이다.

내 질문에 엄마는 곤란한 표정을 지었다.

"아…… 그건 좀……. 요즘 사업적으로 굉장히 중요한 시기라서요, 제가 진짜 시간이 없어요. 애 아빠도 같이 사업을 하고 있어서 바쁘긴 마찬가지고요. 대신 저희 집 기사가 아이랑 베이비시터를 태워서 오게 할게요."

"직접 방문하기 힘드시다면 한 달에 한 번 정도 전화로 상담하시는 건 어떠세요? 전화로라도 직접 현성이 이야기를 들으시는 게 낫거든요."

"글쎄요……. 전화 주시면 감사하긴 한데…… 제가 사업 때문에 워낙 바쁘다 보니까 전화를 못 받을 때가 많을 거예요."

"전화를 받으실 수 있는 시간이 언제일까요? 꼭 낮 시간이 아니라도 가능해요."

"정 그러시다면…… 밤늦은 시간이면 그나마 통화를 할 수 있긴 해요."

언어치료실에 방문할 시간을 내기 힘든 부모님도 많다. 그런 부모님들과는 한 달에 한두 번씩 전화로 상담하곤 한다. 필요하다면 저녁이나 주말도 마다하지 않는다. 나도 일과 공부를 병행하며 아픈 아이를 챙기느라 하루 24시간이 모자란 삶을 살지 않았던가. 바쁜 부모님들의 고충을 충분히 이해하기에 최대한 상담 스케줄을 맞추어 주고자 한다.

하지만 계속 미적지근한 현성이 엄마의 모습을 보니

내가 굳이 그렇게까지 해서 상담을 진행해 보았자 의미가 있을까 싶었다. 아니, 지금 이 순간 하고 있는 상담조차 과연 의미가 있는 것인지 의심스러웠다. 몸만 언어치료실에 있을 뿐, 엄마의 마음은 사업에 가 있었다. 현성이를 언어치료실에 등록하는 것으로 자신의 일은 다 마쳤다고 생각하는 것일까. 대놓고 말하지는 않지만 '베이비시터가 다 할 거예요. 나머지는 그냥 좀 알아서 해 주세요'라는 말이 들리는 듯했다. 아이의 언어 문제는 어디까지나 전문가인 언어치료사가 해결할 일이고 자신이 할 수 있는 일은 없다며 선을 긋는 태도. 이런 부모님들을 대할 때면 당황스러움을 넘어 괴롭다.

"어머니, 아이 삶에서 부모의 역할을 완전히 배제할 수는 없잖아요. 언어치료도 그래요. 언어치료란 게 아이에게 시간과 노력을 기울여야 하는 일인데 그 일에 부모만 한 사람이 없다고 생각해요."

부모의 역할에 대해 이런저런 말들을 늘어놓았지만 엄마는 별 반응이 없었다. 그래도 장황하게 이야기를 이어갔다. 이 중에 엄마에게 가닿는 말이 하나라도 있겠지 하는 심정으로. 그러다 마침내 입을 다문 것은 시계를 쳐다

보는 엄마의 눈길이 느껴졌기 때문이었다.

"제가 다른 일정이 있어서요. 베이비시터랑 기사랑 의논하고 다시 연락 드릴게요."

며칠 후 전화를 걸어 현성이의 언어치료 수업을 예약한 사람은 엄마도 아빠도 아닌 베이비시터였다. 첫 방문 이후 엄마는 단 한 번도 언어치료실에 오지 않았고, 단 한 번도 담당 언어치료사의 전화를 받지 않았다. 아무래도 내가 엄마에게 한 말들은 그냥 흩어져 버렸나 보다. 하지만 그 순간으로 돌아간다 해도 나는 또다시 그렇게 말할 것이다. 엄마 옆에서 불안한 표정으로 장난감만 만지작거리는 현성이를 보고도 적당히 무난한 말만 할 수는 없었다.

아이들이 보이는 언어 문제는 양상도 정도도 천차만별이다. 딱 몇 가지 종류로 정리하는 것도, 몇 가지 단계로 나누는 것도 불가능하다. 하지만 이 한 가지 사실은 동일하다. 아이의 언어를 성장시킬 수 있는 가장 큰 원동력은 부모님에게서 나온다는 것. 베이비시터나 활동 지원사, 교사 같은 제삼자가 부모님보다 더 세심하게 아이를 돌보기도 한다. 하지만 그런 경우도 어디까지나 부모님의 관심이 뒷받침되어야 가능하다.

다른 일은 모조리 내팽개친 채 온종일 아이의 언어에만 매달릴 필요는 없다. 그런 것은 아이에게도 부모님 자신에게도 도움이 되지 않는다. 다만 주어진 상황에서 최선을 다하면 된다. 정신없이 바쁜 와중에도 하루 10분 짬을 내어 아이와 눈을 맞추며 언어 자극을 주는 부모님이 있는가 하면, 바쁘다는 이유로 아이가 언어치료실에서 어떤 활동을 했는지 살펴보지조차 않는 부모님도 있다. 비록 짧은 시간이라도 부모님이 진심을 다할 때 아이는 그 마음을 느끼고 힘을 얻는다.

아이를 위해 해야 하는 일을 회피하지 않는 것은 부모의 위치에 있는 모든 사람의 임무가 아니겠나. 다른 누구도 아닌 바로 내 아이니까. 내 아이는 내가 책임져야 하는 존재니까.

엄마에게 응원을

언어치료사로 본격적인 활동을 시작한 지 얼마 되지 않았을 때 네 살 지율이를 만났다. 중증 발달장애로 말을 아예 못 하는 아이였다. 엄마는 지극정성으로 지율이를 챙겼다. 지율이와 더 많은 시간을 보내기 위해 남들이 선망하는 번듯한 직장을 퇴사하고 프리랜서가 되기까지 했다. 나도 한창 의욕이 하늘을 찌르던 때라 정말 열심히 수업에 임했다. 이런 노력들이 통했는지 지율이는 점차 변화를 보였다. 여전히 말은 없었지만 이름을 부르면 반응하기 시작했다. 그런데 어느 날 갑자기 엄마가 언어치료실을 옮기게 되었다는 소식을 알렸다.

"선생님, 제가…… 지율이 아빠와 헤어지게 됐어요. 그래서 친정 쪽으로 이사하려고 해요. 그동안 감사했어요.”

이혼 소식을 듣고 안타까웠다. 하지만 놀랍지는 않았다. 오히려 이런 생각이 들었다. ‘그러실 만도 하지.’

언어치료실에 오는 아이들 옆에는 보호자가 있기 마련이다. 그 보호자들의 대부분은 엄마다. 아빠가 오는 일은 드물다. 맞벌이 가정이라도 마찬가지다. 아이는 엄마 혼자 낳는 것이 아니건만 아이와 관련된 일은 엄마에게 쏠리는 현실을 매일 실감한다.

아이는 말로 다 표현할 수 없이 소중하고 사랑스러운 존재다. 하지만 아이가 주는 기쁨과 별개로 육아의 무게는 엄연히 존재한다. 아이를 돌보는 것은 몸과 마음과 시간을 갈아 넣어야 하는 일이다. 평범한 아이도 그러한데 발달이 느리거나 장애가 있는 아이라면 어떻겠는가. 돌봄의 강도가 몇 배로 세진다. 일단 아이를 데리고 병원이며 치료실을 다녀야 하는 것부터가 무척 고달프다. 이런 아이들은 소통이 잘되지 않아 돌발적으로 행동할 때가 많은데 이를 제어하기도 쉽지 않다. 많은 엄마가 이토록 힘든 일들을 혼자 감내하고 있다.

조금 특별한 아이의 엄마라면 한 번쯤 이런 말을 들어

'신은 감당할 수 있는 사람에게 아프거나 느린 아이를 보낸다'.
위로하려는 의도로 하는 말이지만
나는 이 말을 굉장히 싫어한다.
장애 아이를 기꺼이 감당할 수 있는 엄마가 어디 있나.

보았을 것이다. '신은 감당할 수 있는 사람에게 아프거나 느린 아이를 보낸다'. 위로하려는 의도로 하는 말이지만 나는 이 말을 굉장히 싫어한다. 그런 아이를 기꺼이 감당할 수 있는 엄마가 어디 있나. 엄마라 해도 당연히 힘들고 괴롭다. 능력이 되니까 감당하는 것이 아니라, 없는 힘까지 끌어모아 가까스로 감당하는 것이다.

엄마 혼자 아이를 돌보게 된 데는 가정마다 나름의 이유가 있을 것이다. 아빠 혼자 경제 활동을 하는 외벌이 가정이라서, 아빠가 시간을 내기 힘든 직종에 있어서, 엄마가 육아 휴직을 사용할 수 있어서, 엄마가 커리어를 포기하기로 결정해서, 아이가 아빠보다 엄마를 더 따라서 등등. 하지만 아마도 가장 큰 이유는 엄마에게만 육아의 부담을 지우는 사회적 압력이리라.

엄마가 어떤 이유로 혼자 아이를 돌보든 외로움까지 기꺼이 감당해야 하는 것은 아니다. 내가 만난 엄마들을 더욱 힘들게 하는 것은 아빠의 무관심이었다. 비록 아빠가 직접 시간을 내어 아이를 돌보지는 못하더라도 평소 아이의 상황에 관심을 기울이고 엄마의 노고를 알아주면 엄마는 기운을 낼 수 있다. 하지만 반대의 경우를 너무 많이 보았다. 엄마 혼자 알아서 결정하라는 아빠, 무엇을 하든 상관없으니 내 일에는 지장을 주지 말라는 아빠, 경제적인 지원을 했으니 이제 내 역할은 다했다는 아빠…….

그런데 차라리 무관심이 낫다 싶은 사례도 많다. 어떤 가정에서는 아이의 문제가 엄마의 잘못인 양 몰고 간다. 시댁 식구들이 나서서 엄마를 죄인으로 만들기도 한다. 지율이 엄마도 그런 경우였다.

"시댁에서는 지율이를 인정하지 않아요. 존재해서는 안 되는 아이로 취급한다니까요. 시어머니는 아예 대놓고 이러더라고요. 며느리 하나 잘못 들어와서 집안에 오점이 생겼다고. 어떻게 그런 말을 할 수가 있어요?"

지율이 엄마가 내게 이 이야기를 털어놓은 것은 이혼 소식을 전하기 몇 달 전의 일이었다. 시댁과의 갈등이 부부 갈등으로 이어져 지율이 엄마는 결국 이혼을 선택한 것이다. 실제로 장애 아이를 키우는 가정의 이혼율은 일반 가정보다 높은 편이다. 물론 이혼 후에도 여전히 아이를 떠안는 쪽은 엄마다.

당연한 사실이지만 아이의 문제는 그 누구 탓도 아니다. 특히 선천적 장애는 원인을 알 수 없는 경우가 대부분

190

이다. 내 아이에게 장애가 있을 거라고 예상한 엄마가 누가 있을까.

터무니없는 이유로 억울하게 손가락질받지 않아도 엄마들은 자책하고 또 자책한다.

"임신 중에도 일하느라 태교는 생각도 못 했어요. 출산 전날까지도 일했고요. 그게 영향을 미쳤을까요?"

"산후우울증이 심하게 왔거든요. 그래서 아이가 말이 늦는데도 너무 내버려둔 것 같아요."

"퇴근하고 나면 아이랑 놀아 주지도 않고, 그냥 먹이고 씻고 재우는 데만 급급했어요. 그래서 애가 발달도 더디고 말도 어눌한가 봐요."

"저 때문에 아이가 저런 것 같아서 아이한테 너무 미안해요. 선생님, 제가 뭘 잘못한 걸까요?"

아이의 문제를 알게 되면 지난날을 샅샅이 돌아보며 자신의 잘못을 찾아내려는 엄마들. 뚜렷한 잘못을 찾을 수 없는데도 "엄마가 미안해, 정말 미안해" 하고 눈물짓는다. 간혹 적극적으로 아이를 돌보고 언어치료실에도 오는 아빠들이 있지만 그런 아빠들이라도 아이의 문제를 자신의 잘못으로 여기지는 않는다. 엄마는 자식 앞에서 어쩔 수 없는 죄인인가 싶어 쓸쓸하다.

그래도 요즘 들어 우리 사회가 변하고 있는 듯하다. 언어치료실에서 아빠를 만나는 일이 조금씩 늘고 있다. 어렵사리 시간을 내어 방문하는 아빠도 있고, 아예 육아휴직을 하고 아이의 주 양육자가 된 아빠도 있다. 엄마보다 더 적극적으로 아이에 대해 묻고 앞으로의 방향을 확인하는 아빠들도 보았다. 맞벌이 가정에서는 할머니, 할아버지가 오기도 하고 이모, 고모, 삼촌이 오기도 한다.

엄마가 힘들 때는 아빠가 나서고, 아빠도 힘들 때는 다른 가족들이 도와주는 모습을 보면 마음이 따뜻해지면서 안심이 된다. 이런 가정에서는 아이의 문제를 있는 그대로 받아들이고 함께 응원해 준다. 여러 사람의 정성이 전해져 아이는 한 걸음씩 성장해 나간다.

지율이가 다른 언어치료실로 옮긴 후 한동안 통 소식을 듣지 못했다. 그러다 1년쯤 지난 어느 날 지율이 엄마의 문자를 받았다.

"선생님, 잘 지내시죠? 지율이도 저도 잘 지내고 있어요. 얼마 전에 지율이는 '엄마'라고 첫 말을 했어요. 이제는 매일매일 엄마를 불러요. 이 소식을 선생님께도 전해 드리고 싶었어요. 앞으로도 지율이랑 같이 열심히 살아가겠습니다. 항상 건강하세요."

문자와 함께 온 사진 속에서 지율이와 엄마는 푸른 바다를 배경으로 환하게 웃고 있었다. 사진을 보는 나도 어느새 미소 짓고 있었다.

조금 특별한 아이를 키우는 모든 엄마가 오늘 하루도 힘내기를. 나 역시 그런 엄마로서 응원을 보낸다. 우리, 행복합시다.

4부   청각장애
       아이의
       가족으로
       산다는 것

일반학교에서 보낸 12년

만 세 살까지도 말을 제대로 하지 못했던 내 아이가 특수학교가 아닌 일반 초등학교에 들어간 것은 기적 같은 일이었다. 하지만 그 기적이 곧 꽃길을 의미하지는 않았다. 오히려 초등학교를 다니는 내내 곳곳에 장애물이 놓인 가시밭길을 헤쳐 가는 것만 같았다.

아이를 일반 초등학교에 입학시키며 가장 걱정한 점은 학습이었다. 타고난 청신경이 너무 얇아 인공와우 수술을 받고서도 듣기가 완벽하지 못한 아이가 과연 선생님이 전달하는 지식들을 이해할 수 있을까. 수업 시간에 청각장애 학생을 위한 보조 도구를 사용해야 하는 불편함을 감내할 수 있을까. 하지만 의외로 아이는 수업 진도를 잘 따라

갔다. 숙제도 꼬박꼬박 했고 수행평가 결과도 나쁘지 않았다. 내 기대 이상이었다.

문제가 불거진 것은 친구들과의 관계였다. 급우들 중에는 청각장애를 이유로 놀리거나 괴롭히는 친구, 거리를 두려 하는 친구가 꼭 있었다. 그렇다고 아이가 온전히 피해자이기만 했다고 생각하지는 않는다. 아이는 어린이집을 다닐 때 친구들에게 호기심이 많아 먼저 다가가곤 했는데 초등학생이 되고서도 여전했다. 하지만 그런 아이의 행동이 어떤 친구들에게는 일방적이고 귀찮은 관심이었다. 그런가 하면 듣기가 원활하지 않다 보니 아이가 친구의 말을 엉뚱하게 받아들여 싸움이 나기도 했다. 반대로 발음이 완벽하지 않다 보니 친구가 아이의 말을 오해하는 경우도 자주 있었다. 아이는 남들 앞에 나서기를 좋아하는데 이 점이 친구들의 불만을 사기도 했다.

선생님에게도 급우들에게도 아이는 대하기 쉽지 않은 존재였을 것이다. 학교에서 전화가 온 것도 여러 번이었다. 핸드폰에 학교 전화번호가 뜨면 가슴이 벌렁벌렁했다. 어느 해인가는 담임 선생님에게 이런 말을 들었다.

"차라리 청각장애가 아니라 지적장애였으면 상황이 더

나았을 텐데요. 그러면 반 친구들이 더 많이 도와주려고 했을 거예요."

학습 능력은 그다지 떨어지지 않기 때문에 청각장애에도 불구하고 친구들의 배려를 많이 바라기가 힘들다는 이야기였다. 칭찬도 아니고 걱정도 아닌 그 말이 내게는 무척 아팠다.

상황이 이렇다 보니 지금이라도 특수학교로 옮길까 하는 생각을 항상 안고 있었다. 그러다 아이가 초등학교 5학년 때 체험학습 신청서를 내고 일주일 동안 특수학교 체험을 보냈다. 한 사건이 발단이 되었다.

어느 날 아이의 침대 머리맡에 모래가 많이 묻어 있는 것을 발견했다. 이상한 느낌이 들어 아이가 벗어 놓은 인공와우 외부장치를 흔들어 보았다. 안쪽에 모래가 들어가 있어 버석거렸다. 무슨 일이냐고 다그쳐 묻자 아이는 그날 학교에서 있었던 일을 털어놓았다. 두 친구가 아이의 얼굴에 모래를 붓고 심지어 외부장치를 빼앗아 모래에 파묻기까지 했다는 것이었다. 피가 거꾸로 솟는 기분이었다. 떨리는 목소리로 담임 선생님에게 전화를 걸어 자초지종을 전했다. 다음 날 아이가 받았을 충격이 걱정되어 학교에 가지 않아도 된다고 했지만 아이는 괜찮다며 평소대로 집을 나섰다. 그 뒷모습을 보며 나는 또 눈물이 났다.

요즘 같으면 학교폭력위원회를 열어야 하는 심각한 사건으로 여겨졌을 것이다. 하지만 그때는 담임 선생님이 아이와 두 친구에게 서로 화해하라고 시키는 선에서 마무리되었다. 그나마도 둘 중 한 친구의 부모는 사과 전화를 했지만 다른 부모에게서는 아무런 연락이 없었다. 학교에 정식으로 문제 제기를 해야 하나 며칠을 고민했다. 그런데 정작 아이는 담담한 얼굴로 말했다.

"괜찮아. 나는 걔들 용서할 수 있어."

아이 뜻대로 일을 더 키우지는 않았다. 하지만 이대로 계속 일반학교에 아이를 보내도 될지 의심스러웠다. 지금까지 어찌어찌 버텼지만 이제는 벼랑 끝에 선 기분이었다.

일주일 동안의 특수학교 체험을 마친 후 아이에게 물었다.

"어때? 그 학교 가고 싶어? 아니면 지금 다니는 학교가 더 좋아?"

"지금 다니는 학교가 더 좋아."

아이의 대답은 1초도 망설임이 없었다.

"그 학교가 장점이 많지 않아? 네가 더 편하게 다닐 수 있을 것 같은데."

"그렇긴 한데 그래도 지금 학교가 더 좋아. 친구들이 너무 좋아서."

몇 번이고 다시 물었지만 아이의 대답은 똑같았다. 아이가 일반학교를 계속 다니고 싶어 하는 이유는 딱 하나였다. 친구들이 좋다는 것.

아이가 저렇게나 학교와 친구들을 좋아하니 괜찮을 거라고 스스로 다독였다. 사건 당시에는 다행히 문제가 없던 인공와우 외부장치가 한 달쯤 후에 완전히 고장 나 버렸을 때는 속이 쓰렸지만.

그러다 6학년이 되기 얼마 전 아이는 중요한 결정을 내렸다. 수술하지 않은 오른쪽 귀에도 인공와우를 이식하기로 한 것이다. 두 번째 인공와우 수술은 4학년 때부터 고민했다. 양쪽에 다 인공와우가 있으면 그만큼 더 잘 들을 수 있지만 또다시 재활을 감수해야 한다는 점이 부담되었다. 결정을 못 내리고 2년을 끌다가 마침내 아이가 직접 의사 선생님 앞에서 "저 수술할게요"라고 말했다. 6학년으로 올라가고서 얼마 후에 수술을 받았고 보름 정도는 등교하지 않은 채 집에서 쉬었다. 그 기간 동안 아이는 친구들의 메일을 받았다.

"어렵게 수술을 결정했을 텐데 잘 쉬었다가 만나. 힘내서 웃는 얼굴로 보자. 내가 누구보다 잘 반겨 줄게."

"빨리 나아서 학교 나와. 근데 내일은 토요일이라 학교 나오는 거 아니야. 혹시라도 오면 안 돼."

"그동안 나 때문에 힘들거나 속상한 일 있었다면 미안해. 앞으로는 친하게 지내자. 기다리고 있을게."

"다음 달에 현장학습 갈 때 너랑 버스에서 같은 자리에 앉기로 내가 선생님께 말씀드렸어. 빨리 등교해 줘."

메일마다 가득한 친구들의 응원을 하나하나 읽으며 깨달았다. 엄마 눈에는 아이가 학교에서 어려움을 겪는다는 사실이 너무나 크게 보였지만 아이는 그 와중에도 나름대로 즐거운 시간들, 소중한 관계들을 차곡차곡 쌓고 있었구나. 이때 받은 메일들을 아이는 지금까지도 지우지 않고 소중히 간직하고 있다.

중학교에 올라가면서도, 고등학교에 올라가면서도 계속 특수학교 진학을 고려했다. 중학교 때는 확 늘어나는 학습량을 아이가 감당할 수 있을까 싶었다. 중학생이면 한창 사춘기를 겪을 시기인데 아이가 스스로 행동을 잘 통제할 수 있을지, 친구들이 잘 배려해 줄지도 걱정되었다. 고등학교 때는 대학 입시라는 현실적인 문제가 걸렸다. 비장애 아이들 사이에서 내신 등급을 잘 받기가 힘들 것 같았다. 하지만 아이의 결정은 한결같이 일반학교였다.

아이를 맡아 준 학교와 선생님들에게 항상 감사한 마음이었다. 그래서 학부모회든 운영위원회든 급식도우미든 기회가 있을 때마다 엄마로서 학교 일을 도왔다. 안 그래도 늘 빠듯한 시간을 더욱 쪼개야 했지만 그렇게라도 감사함을 표현하고 싶었다.

공식적인 일로 학교를 방문하다 보면 아이가 학교에서 어떻게 지내는지 엿볼 수 있었다. 한번은 초등학교 때 아이가 아파서 결석한 날 학교에 갔다가 아이의 반 친구에게 이런 말을 들었다.

"걔 오늘 학교 안 왔어요? 어쩐지 교실 안이 너무 조용하더라고요."

중학교 때는 급식도우미를 하러 갔는데 아이 혼자 덩그러니 앉아 밥을 먹는 것을 목격하게 되었다. 그 모습이 너무 외로워 보여 눈시울이 붉어졌다. 하지만 아이에게는 내색하지 않았다. 집에 돌아와서도 서로 별 말을 하지 않았다.

우여곡절 속에서도 아이는 초중고 모두 일반학교를 다녔고 무사히 졸업했다. 12년이라는 긴 시간 동안 좋은 선생님, 좋은 친구를 참 많이 만났다. 아이가 여러 난관을 헤쳐 내고 잘 성장한 것은 학교 덕분이다.

느린 아이의 부모라면 특수학교냐, 일반학교냐, 일반학교 안에서도 특수학급이냐, 일반학급이냐 하는 고민에서 자유로울 수 없다. 한번 결정했다고 해서 고민이 끝나는 것이 아니라 학년이 바뀔 때마다, 상급학교에 진학할 때마다, 무언가 사건을 겪을 때마다 다시 고민하게 된다. 나 역시 어린이집부터 고등학교까지 내내 그런 고민을 품었던 엄마로서, 학교를 결정할 때 가장 중요한 점은 부모의 마음가짐이라고 생각한다.

일반학교에 가게 되면 부모가 계속 긴장을 놓지 못한다. 아이가 놀림을 받거나 따돌림을 당하기도 하고, 수업을 잘 따라가는지 부모가 확인하기도 힘들다. 반면 특수학교에 가게 되면 상대적으로 마음이 더 편할 수 있다. 학교 환경이 장애를 가진 아이들에게 맞추어져 있는 데다 선생님들도 장애에 대해 이해도가 높다. 그런데 이게 꼭 장점이기만 한 것은 아니다. 긴장이 느슨해지다 보니 부모가 아이의 발달이나 문제 행동을 예전만큼 민감하게 살펴보지 않는 경우도 종종 생긴다. 정답은 없다. 언어에 문제가 있거나 다른 장애가 있어도 일반학교는 물론이고 예중이나 예고, 특목고, 과학고, 영재학교를 다니는 아이들도 많다. 또 내내 특수학교를 다니고서 좋은 대학에 들어가거나 훌륭하게 사회생활을 하는 아이들도 많다. 부모가 내 아이의 상황을 정확하게 파악해서 앞으로 나아갈 방향을 결정하면 된다. 아이가 충분히 의사 표현을 할 수 있는 나이라면 가급적 아이의 판단을 존중해 줄 필요도 있다.

진학에 대한 조언을 구하는 부모님들에게 나는 꼭 이 말씀을 드린다.

"부모님께서 얼마나 마음의 준비가 되어 있는지가 더 중요해요. 아이들은 어른들 생각보다 잘해 내거든요."

마라톤이 알려 준 것

"어머니, 아이가 마라톤을 한번 해 보면 어떨까요?"

"네? 마라톤이요? 저희 아이가요?"

중학교 1학년 여름방학이 끝나 가고 있을 때였다. 감각통합치료실의 담당 선생님에게 뜻밖의 제안을 받았다. 가을에 한강변에서 마라톤 대회가 열리는데 10킬로미터 코스에 아이가 참가해 보면 좋겠다는 것이었다. 감각통합치료실의 몇몇 아이들도 참가하기로 했고 선생님들도 함께 뛸 예정이라 했다.

감각통합치료란 외부에서 전해지는 여러 감각이 뇌에서 잘 통합되어 신체를 원활히 활용할 수 있게 하는 것이다. 아이는 언어치료를 시작하고 얼마 뒤부터 언어치료사 선생님의 권유로 감각통합치료도 병행하게 되었다. 청각이 발달하지 못하다 보니 시각이 지나치게 예민해져서 듣기 활동에 잘 집중하지 못했기 때문이다.

10년이 훌쩍 넘는 시간 동안 감각통합치료실에서 만난 여러 선생님은 단순히 재활 전문가가 아니라 아이를 함께 키우는 동반자와도 같았다. 어느덧 머리가 굵어진 아이가 짜증을 내거나 힘든 티를 내면 때로는 다독이고 때로는 따끔히 혼내며 많은 대화를 나누어 주었다. 아이는 선생님들에게 의지한 덕분에 정서적으로 안정될 수 있었다.

10킬로미터 코스면 일반 마라톤의 반의반에 해당하는 거리이긴 해도 엄연한 마라톤 대회가 아닌가. 평소 운동을 즐겨 하지도 않는 데다 여전히 감각통합치료실을 다니는 아이에게는 무리지 싶었다. 하지만 평소 감사하게 생각하는 감각통합치료 선생님의 제안을 무시하고 넘어갈 수도 없었다. 일단 아이의 의사를 확인해 보기로 했다.

"선생님이 마라톤 한번 해 보자고 하시더라. 10킬로미터를 뛰는 거라는데 네 생각은 어때? 할 수 있겠어?"

"음…… 생각해 볼게요."

나와 달리 아이는 별로 놀라는 기색이 없었다. 그저 차

분히 마라톤에 대해 이것저것 검색해 보더니 몇 시간 만에
말했다.

"나 할게요, 마라톤."

예상치 못한 아이의 결정에 머릿속이 복잡해졌다. 그
냥 걷는 것만으로도 힘든 10킬로미터를 뛰어서 갈 수 있을
까. 중도에 하차하지는 않을까. 쓰러져 실려 가는 것은 아
닐까. 뛰다 보면 땀이 줄줄 흐를 텐데 인공와우 외부장치
는 괜찮을까. 하지만 도전하겠다는 아이를 두고 엄마인 내
가 지레 겁먹어서는 안 될 것 같았다. 옆에서 함께 뛸 선생
님도 있지 않은가. 아이를 믿어 보기로 했다.

"그래, 그럼 해 보자."

마라톤 대회 사이트에 접속해 신청 버튼을 클릭했다.
아이의 이름과 주소를 입력하면서 가슴이 미친 듯이 두근
거렸다. 정작 옆에서 지켜보는 아이의 얼굴은 비장하기는
커녕 태연하기만 했다.

바로 그 주부터 아이는 마라톤 연습에 돌입했다. 평일
에는 감각통합치료실에서 러닝머신을 뛰었고, 주말에는
운동장이나 한강변에서 선생님과 함께 뛰었다. 늦여름이
지만 더위는 한여름 못지않았다. 한 시간 넘게 뛰다 걷다

하고 나면 아이의 얼굴은 땀범벅이 되어 있었다. 아이를 믿겠다는 다짐은 어느새 흐릿해지고 다시 걱정이 고개를 들었다.

"힘들지 않아? 너무 힘들면 지금이라도 그만둬도 돼."

"괜찮아. 재미있어. 나 끝까지 해 볼래."

아이의 의지는 확고했다. 포기를 입에 올린 내가 머쓱할 만큼.

계절이 가을로 바뀌면서 연습 시간이 더 늘어났다. 대회를 앞두고 마지막 두 주 동안은 예정된 실제 마라톤 코스에서 뛰었다. 선생님이나 아빠와 함께 뛸 때도 있고 아이 혼자 뛸 때도 있었다.

대회 이틀 전 아이를 데리고 운동화 매장에 갔다. 바쁘다 보니 평소 신발은 인터넷 쇼핑몰에서 구입하곤 했지만 10킬로미터를 달리기 위한 신발을 대충 사 줄 수는 없었다. 아이가 매장에서 직접 신어 보며 고른 것은 평소에 신던 운동화보다 가격이 두 배쯤 되는 러닝화였다.

"이거 비싼데 사도 돼?"

"그럼. 대회날 신고 잘 뛰어야지. 파이팅이야."

"응, 나 열심히 뛸 거야. 할아버지가 마라톤 하시잖아.

그러니까 나도 해 봐야지."

부산의 친정집 거실에는 마라톤 대회 메달이 걸려 있다. 아버지는 원래부터 운동을 좋아했고 등산도 오래 하셨다. 교직에서 은퇴한 후에는 마라톤에 도전해 조금씩 조금씩 기록을 갱신해 가더니 마침내 하프 마라톤을 완주하는 데 성공하셨다. 아버지가 손자에게 자랑스레 메달을 보여주며 "포기하지 않고 계속하면 다 된단다" 하고 강조하시던 기억이 떠올랐다. 할아버지의 그 말씀이 아이의 마음속에 남아 있었나 보다.

마침내 마라톤을 뛰는 날이 되었다. 잔뜩 흐리고 쌀쌀했다. 비는 내리지 않아 그나마 다행이었다. 아이는 선생님과 함께 출발선에 섰다. 얼굴에는 긴장감과 설렘이 동시에 서려 있었다.

"힘들면 멈춰도 되고 돌아와도 돼. 절대 무리하지 마."

꼭 해내라는 말은 건네지 못했다. 대범한 엄마이고 싶었지만 아무래도 나는 걱정 많은 쫄보 엄마일 뿐이었다.

탕! 출발 신호와 동시에 아이가 뛰기 시작했다. 멀어지는 뒷모습을 물끄러미 쳐다보는데 눈물이 날 것만 같았다. 제발 무사히 다시 만나기만 했으면. 내 바람은 오직 그것

하나였다.

30여 분이 지나자 선두 그룹이 도착하기 시작했다. 계속해서 사람들이 한 명 한 명 결승선으로 들어왔다. 40분, 50분, 한 시간…… 시간은 흐르는데 아이는 통 나타날 기미가 보이지 않았다.

"왜 안 오지? 아직도 뛰고 있나? 괜찮은 건가?"

혼자 중얼거리며 발을 동동 굴렀다. 역시 말렸어야 했나 후회가 밀려왔다. 그러다 어느 순간 비명을 지르는 듯한 외침이 들려왔다. 사람들이 오는 방향으로 멀찍이 가서 기다리고 있던 남편의 목소리였다.

"들어온다! 우리 아들이 들어와! 와아아!"

아이가 달려오고 있었다. 벌겋게 달아오른 얼굴로 두 다리를 힘차게 내디디며. 환호하는 아빠를 보고 아이는 불끈 쥔 두 주먹을 높이 들어 흔들었다. 이어서 나를 발견한 아이의 얼굴에는 기쁨이 가득했다. 세상을 다 가진 듯한 기쁨.

아이의 기록은 한 시간 12분 59초. 하지만 기록이 어떻든 아이가 스스로 도전하고 한계를 넘어섰다는 사실 그 자체가 중요했다. 메달을 목에 건 아이는 할아버지에게 전화

아이가 달려오고 있었다.
벌겋게 달아오른 얼굴로 두 다리를 힘차게 내디디며.
환호하는 아빠를 보고 아이는
불끈 쥔 두 주먹을 높이 들어 흔들었다.
이어서 나를 발견한 아이의 얼굴에는 기쁨이 가득했다.
세상을 다 가진 듯한 기쁨.

를 걸었다.

"할아버지, 제가 해냈어요! 10킬로미터를 뛰었어요!"

이듬해 여름 아이는 두 번째 마라톤에 도전하겠다고 선언했다. 이번에는 감각통합치료실의 제안이 없었는데도 아이 스스로 결정한 것이었다. 그러자 남편이 나섰다.

"그럼 내가 같이 뛰지, 뭐."

솔직히 아이보다 남편이 걱정이었다. 운동과는 담을 쌓고 살아와 약골 그 자체인 중년 아저씨가 10킬로미터를 달리겠다니. 하지만 남편을 말리는 대신 이렇게 말했다.

"아예 우리 가족이 다 같이 해 볼까?"

아이와 남편은 10킬로미터 코스, 둘째와 나는 5킬로미터 코스를 신청했다. 5킬로미터 코스는 달리기보다는 걷기 위주였다. 저녁이면 넷이서 연습 삼아 동네를 돌고 또 돌았다. 아이와 남편은 주말에 따로 한강에 나가 뛰기도 했다.

또다시 맞이한 마라톤 대회. 이번에는 온 가족이 출발선에 섰다. 둘째와 나는 두런두런 이야기를 나누며 한강을 따라 걷다 보니 생각보다 금방 결승선에 도착했다. 근처에 앉아 아이와 남편을 기다렸다. 그러다 둘째가 소리쳤다.

"엄마, 오빠야!"

아이가 손을 번쩍 들고 달려오는 모습이 보였다. 결승선을 통과하고 나서 기록을 확인해 보니 지난해보다 무려 10분 가까이 줄어든 한 시간 3분이었다. 20여 분 후에는 남편도 무사히 들어왔다. 헉헉대며 "어우, 힘들다, 힘들어" 하고 고개를 절레절레하긴 했지만.

그날 저녁 삼겹살 파티를 열었다. 우리는 해마다 이렇게 함께 마라톤 대회에 참가하면 좋겠다고 이야기했다. 아이는 자기 방 책장에 올려 둔 작년 메달 옆에 올해 메달을 소중히 놓았다.

"내년에는 메달이 세 개가 되면 좋겠다."

하지만 세 번째 메달은 끝내 놓이지 못했다. 코로나 팬데믹이 시작되었기 때문이다. 아이는 못내 아쉬워했다. 하지만 마라톤 메달은 아이에게 '나도 할 수 있다'는 자신감의 증표로 남았다. 나도 종종 아이 일로 심란해질 때마다 메달을 보며 생각한다. '그래, 할 수 있다, 할 수 있다.'

둘째 아이가 엄마에게
하고 싶었던 말

결혼하면 당연히 둘은 낳으려고 했다. 그저 평범하게 살고자 했던 나로서는 자연스러운 선택이었다. 부부와 아이 둘로 이루어진 4인 가족은 대한민국에서 가장 표준이라 여겨지는 가족 구성이니까.

하지만 첫 아이의 청각장애를 알게 된 후 평범한 삶은 멀어져 버렸고 그만큼 둘째 생각도 아득히 멀어졌다. 첫째가 느린 아이인 가정에서는 흔히 벌어지는 일이다. 느린 아이를 키우는 것은 몸도 마음도 몇 배로 힘들기에 엄마들은 둘째를 미룰 수밖에 없다. 아예 포기하기도 한다.

그러다 언젠가부터 이런 고민이 머릿속에 맴돌았다. 훗날 내가 이 세상에서 없어지고 나면 저 아이 혼자 살아갈 수 있을까. 그때 누군가 옆에 있어 준다면 좋을 텐데. 형제자매라면 그런 존재가 되어 줄 수 있지 않을까. 동시에 이런 걱정도 들었다. 둘째도 청각장애를 가지고 태어나면 어떡하나. 아니면 다른 문제나 장애가 있다면. 과연 내가 감당할 수 있을까.

갈팡질팡하는 내게 남편이 말했다.

"똑같이 청각장애여도 괜찮지 않아? 서로 의지가 될 거 아냐."

그 말이 영 곱게 들리지 않았다. 첫째를 온갖 재활 수업에 데리고 다니느라 이리 뛰고 저리 뛰는 것은 거의 내 몫인데 둘째까지 청각장애면 나는 어떡하라고. 그러면서도 어쩐지 솔깃했다. 묘하게 안심이 된달까. 그래, 애들 입장에서는 그것도 나쁘지 않지.

그렇게 해서 둘째를 가지게 되었다. 첫째와 네 살 터울인 딸아이. 둘째는 배 속에서부터 첫째와 확연히 달랐다. 첫째는 곰실곰실 얌전해서 있는 듯 없는 듯했는데 둘째는 하루 종일 어찌나 힘차게 노는지 수시로 태동이 느껴졌다. 둘째를 낳고 곧바로 신생아 청각선별검사를 신청했다. 그때는 필수 검사가 아니라서 따로 돈을 내야 했다. 불안감을 안고 검사 결과를 기다리는데 퇴원 전날 밤이 되도록 아무 소식이 없었다.

"왜 말을 안 해 주는 거지? 당신이 좀 가서 물어봐."

내 성화에 못 이겨 남편은 신생아실로 갔다. 억겁 같은 몇 분의 시간이 흐른 뒤 핸드폰이 울렸다.

"괜찮대. 정상이래. 아무 문제가 없어서 따로 말 안 한 거래."

나중에 알고 보니 남편은 평소 그답지 않게 곧장 양가 부모님들에게 전화를 걸었다고 한다. 둘째는 건강하다는 소식을 전하기 위해. 밤 11시가 넘은 시각이었다.

둘째는 유난히 말이 빨랐다. 7개월 때 '고기'를 따라 말했는데 ㄱ 발음이 얼마나 정확했는지 모른다. 첫돌 무렵에는 단어를 이어서 말했고 15개월에는 〈반짝반짝 작은 별〉을 불렀다. 세 돌 무렵에는 〈렛잇고〉를 또박또박 정확하게 불러서 할머니 할아버지의 박수갈채를 받았다. 첫째와 달리 병원이며 치료실을 오갈 필요가 없으니 어린이집에 다니는 것도 문화센터에 가는 것도 수월하기만 했다. 보통 둘째는 첫째 때 쌓은 육아 내공 덕분에 키우기가 더 편하다고들 하는데 나는 그 차이가 더욱 크게 느껴졌다.

여전히 첫째의 재활은 계속되고 있었다. 그런 오빠 때문에 둘째가 뒷전으로 밀리지 않도록 신경 썼다. 자신이 원하는 활동을 마음껏 할 수 있게 해 주고 싶었다. 그러자면 남편의 손길이 필요했다.

"이제는 당신도 애들을 데리고 다니면 좋겠어. 큰애 치료실에 다니기도 하고 둘째랑 다니기도 하고. 어때?"

다행히 마침 남편은 야근과 주말 근무로 한창 바쁜 시기를 지나 조금 여유가 생기기 시작했다. 남편과 나는 첫째와 둘째를 각각 맡아 이곳저곳으로 움직였다. 덕분에 둘째는 미술 수업에서 온갖 작품을 만들었고 어린이 영어 뮤지컬 극단에서 배우로 활동했다.

첫째에게 동생은 어떤 의미로 다가왔을까. 동생이 태어나면 질투하는 아이들이 많다던데 첫째는 전혀 그러지 않았다. 오히려 오빠가 되었다는 사실에 신나했다. 워낙 사람을 좋아하는 성격 때문일까. 아니면 자신도 누군가를 챙겨 주는 존재이고 싶었던 것일까. 하지만 집 말고는 두 아이의 생활 반경이 거의 겹치지 않다 보니 오빠 노릇을 하는 데 한계가 있었다. 그러다 첫째가 4학년 때 동생이 같은 초등학교에 입학하자 드디어 기회가 왔다. 동생과 함께 등교해 주겠냐는 내 부탁에 첫째는 기다렸다는 듯 힘차게 고개를 끄덕였다. 그런데 남매가 함께한 등교 첫날부터 울음보따리가 터졌다. 손을 잡고 계단을 오르다가 첫째가 동생의 속도를 미처 생각하지 않고 끌어당기는 바람에 둘째가 넘어진 것이다. 그날 오후 둘째의 담임 선생님에게서 전화가 왔다. 등교는 따로 시키는 게 좋겠다고.

남매가 함께하는 등교는 그렇게 하루 만에 끝나나 했는데, 아니었다. 둘째의 책가방이 무거운 날이나 짐이 많은 날이면 첫째는 동생의 도우미를 자청했다. 오빠에게 책가방을 넘기고 가벼운 발걸음으로 당당하게 앞서 걸어가는 둘째. 그리고 조그마한 동생의 뒤를 쫄래쫄래 따라가는 첫째. 그 귀여운 뒷모습을 보고 있노라면 흐뭇한 미소가 절로 나왔다.

둘이 같이 다니다 보니 둘째는 종종 친구들에게 오빠에 대한 질문을 받았다.

"네 오빠는 왜 귀에다 저런 걸 달고 있는 거야?"

"네 오빠 발음 이상하네. 왜 그래?"

그럴 때면 둘째는 별일 아니라는 듯 씩씩하게 말했다.

"우리 오빠는 귀가 안 들려."

두 아이는 티격태격할 때도 있지만 사이좋은 남매로 성장해 갔다. 역시 둘을 낳기를 잘했다는 생각이 들곤 했다. 사실 첫째는 예전만큼은 아니어도 여전히 내 가장 큰 걱정거리였다. 그에 비하면 둘째는 마냥 기특하고 대견했다. 그래도 엄마로서 그런 마음을 티 내지 않으려 했다.

그런데 어디서부터 어긋난 것일까. 중학교 1학년이 된 둘째가 학교에서 심리검사를 받았는데 불안도가 높은 것으로 나왔다. 상담 선생님이 따로 연락해 올 정도였다.

"어머니, 아무래도 아이와 진지하게 얘기를 나눠 보셔야 할 것 같아요."

그날 저녁 둘째와 마주 앉았다. 엄마에게 하고 싶은 이야기가 있느냐는 내 말에 아이는 그동안 한 번도 한 적 없는 이야기들을 쏟아 냈다.

"엄마는 내가 오빠 때문에 얼마나 힘든지 모르지? 오빠가 자꾸 나한테 간섭한단 말이야. 내 말도 잘 못 알아들으면서. 오빠랑 같이 있는 거 짜증 나. 오빠랑 얘기하는 것도 답답해. 내가 소리를 지른 적도 있어."

코로나가 한창이라 등교하지 못하고 집에서 원격 수업을 받던 시기였다. 나와 남편이 출근한 후 낮에는 내내 두 아이만 집에 머물렀다. 첫째는 외향적이라 다른 사람들 일에 관심이 많았는데 동생에게도 예외가 아니었다. 오빠와 달리 내향적인 데다 이제 막 사춘기가 시작되어 한껏 예민한 둘째는 그런 오빠와 단둘이 오랜 시간을 보내며 스트레스가 쌓였던 것이다.

그런데 오빠에 대한 불만을 한참 말하던 둘째가 화살을 내게로 돌렸다.

"내가 이렇게 힘든데 엄마 아빠는 맨날 오빠만 신경 쓰잖아."

가슴속에 돌덩이가 쿵 내려앉는 듯했다. 내가 어떤 마음으로 둘째를 키웠는데 이런 말이 나오다니.

"엄마 아빠가? 그건 오해야."

"아니야, 오해 아니야. 엄마 아빠는 오빠만 챙기고 오빠 편만 들어. 나한테 관심이 있기나 해? 나는 오빠가 없었으면 좋겠다고 생각할 때도 있었어."

평소 나와 남편의 대화 중 많은 부분을 첫째가 차지하고 있었다. 재활 수업에서 어떤 일이 있었는지, 학교에서 어떤 어려움이 있었는지, 병원에서 어떤 진단이 나왔는지, 이야기해야 할 것이 항상 넘쳤다. 그러다 보니 둘째에 대한 대화는 적어질 수밖에 없었다. 그래도 된다고 생각했다. 둘째는 워낙 잘하고 있으니까. 둘째에 대해서는 걱정되는 것이 하나도 없으니까. 그렇게 한쪽으로 치우친 엄마 아빠의 관심이 둘째의 눈에는 차별로 비쳤나 보다.

아무 변명도 하지 못했다. 그저 둘째의 말을 묵묵히 들었다. 그날 저녁 둘째도 나도 얼마나 울었는지 모른다.

아이들은 부모의 사랑을 갈구한다. 그리고 그 사랑이 관심으로 표현되길 바란다. 장애가 없는 아이라 해서 그 마음이 덜할 리 없다. 그런데 부모는 아이들에게 똑같이 사랑을 준다고 믿지만 겉으로 나타나는 관심은 장애가 있는 아이 쪽으로 치우치기 쉽다. 장애가 없는 아이는 형제자매에게 연민을 가지면서도 부모의 그런 모습에 서운함을 느낀다. 물론 부모는 항변하고 싶을 것이다. 덜 사랑하는 것이 아니라 덜 걱정하는 것뿐이라고. 단지 둘러대는 말이 아니라 틀림없는 사실일 것이다. 하지만 어떻게 아이에게 부모의 입장까지 알아서 헤아리라고 할 수 있겠나. 부모는 아이의 원망스러운 마음까지 받아들여야 한다. 어렵다 해도, 억울한 면이 있다 해도 이 또한 부모의 몫이다.

그 일 이후로 훗날 내가 없는 세상에서 두 아이가 서로 의지했으면, 더 정확하게는 둘째가 첫째에게 의지가 되었으면 하는 생각을 버렸다. 장애를 가진 오빠의 존재로 성장 과정에서 괴로움을 겪은 아이에게 더는 부담을 줄 수 없었다. 첫째는 첫째대로, 둘째는 둘째대로 각자의 삶을 존중하기로 했다. 오빠라는 이유로 첫째가 과한 책임감을 가지지 않게, 느린 아이의 동생이라는 이유로 둘째가 배려를 강요받지 않게 하기로 했다. 무엇보다, 둘째의 말에 더 귀 기울이고 둘째에게 시간을 더 할애하기로 했다. 첫째도 이 상황을 이해해 주었다.

그리하여 둘째가 마음의 안정을 찾았다는 결말이면 참 좋으련만, 현실은 그렇지 않았다. 둘째는 사춘기를 혹독하게 앓았다. 나를 향한 원망의 말들을 얼마나 퍼붓던지. 나도 덩달아 빽 소리를 지르고 싶을 때가 너무도 많았다. 하지만 그런 순간에도 잊지 않으려 했다. 아이가 원하는 것은 부모의 사랑이라는 사실을.

폭풍 같은 사춘기도 어느새 지나가고 이제 둘째는 까칠한 고등학생이 되어 대학 입시와 진로 준비에 여념이 없다. 오빠와는 데면데면하다가 가끔 아웅다웅하기도 하고 가끔 서로 걱정하며 챙기기도 한다. 영락없는 '현실남매'

의 모습이다. 내게는 습관처럼 "알아서 할게"라고 심드렁하게 말하곤 한다. 그 말에서 엄마가 자신을 믿고 기다려 주길 바라는 마음을 읽는다.

첫째를 키우며 육아란 예측대로 되지 않는다는 진리를 깨달았다. 평범하고 무탈하게 자랄 줄만 알았던 둘째는 그 진리를 다시 한번 일깨워 주었다. 그래서 더욱 절실히 느낀다. 아이의 성장에 가족의 역할이 얼마나 중요한지.

언젠가 둘째가 엄마의 입장을 이해해 줄까? 알 수 없다. 결국 이해해 주지 않는다 해도 괜찮다. 자신만의 방식으로 충실히 살아가고 있으니 그것으로 이미 내게는 충분하다.

다사다난 우여곡절 수험 생활

아이의 청각장애를 알고 눈물을 줄줄 흘리던 때가 엊그제 같은데 아이는 어느덧 훌쩍 커서 고등학생이 되었다. 대견함이 밀려오는 동시에 대학 입시라는 현실이 무겁게 다가왔다.

"나중에 뭘 하고 싶니? 대학에서 뭘 전공하고 싶어?"

"잘 모르겠는데."

이제 막 고등학교에 들어간 아이의 대답은 시큰둥했다. 그런데 2학기가 되자 아이의 대답이 달라졌다.

"역사를 공부하고 싶어. 사학과에 갈 거야."

"왜?"

그 순간 내 표정에는 의아함과 안타까움이 뒤섞여 있

었을 것이다. 기껏 진로를 정했는데 엄마가 격려하기는커녕 대놓고 떨떠름해하다니. 지금 생각해 보면 아이에게 미안하다. 그래도 그때는 그렇게 반응할 수밖에 없었다.

아이가 그저 말을 할 수 있기만을 바라던 시기도 있었다. 하지만 아이가 커 가면서 그 이상을 생각하지 않을 수 없었다. 성인이 되었을 때 사회인으로서 제 몫을 했으면 하는 바람. 하지만 비장애인들도 취직이 안 된다, 먹고살기 힘들다며 아우성치는 세상이 아닌가. 청각장애를 가진 이 아이가 과연 무슨 일을 하며 경제적으로 독립해 살아갈 수 있을까. 이런 고민을 늘 안고 있는 엄마에게 하필이면 문과, 그것도 인문학의 길을 가겠다고 말하다니.

"그냥 좋아서. 재미있어."

아이는 너무나 천연덕스러운 표정으로 반짝반짝 눈을 빛냈다. 좋다는데, 재미있다는데 무슨 말이 더 필요할까. 문득 작년에 본 아이의 사주가 떠올랐다. 가끔 재미 반 진심 반으로 사주를 보기도 하는데 아이의 사주를 본 것은 그때가 처음이었다. 그날 들은 말 중에 토±의 기운이 들어간 쪽으로 진로나 전공을 고르면 좋다는 이야기가 있었다. 역사학이라면 땅속에서 유적을 발굴하는 일이 중요하니

토土의 기운이 차고 넘치지 않나. 평소 사주에 의지하지도 않고 사주 결과에 따라 행동하지도 않지만 어쩐지 마음이 조금은 편해졌다. 아이가 선택한 길에 더는 왈가왈부하지 않기로 했다.

내가 대학에 들어갈 때만 해도 수능만 잘 치르면 되었는데 그사이 상황이 많이 달라졌다. 요즘은 수능도 중요하지만 학교생활기록부에 희망하는 전공과 연관된 활동이 들어가는 것도 중요하다. 아이는 입시설명회에 직접 참석해 대학 입시에서 중요한 사항들을 파악했다. 그리고 학교에서 하는 활동들을 역사와 연결하기 시작했다. 국어 수행평가로는 임진왜란을 다룬 문학에 대한 감상문을 썼고, 영어 수행평가로는 역사에 대한 자신의 관점을 영어로 발표했다. 엄마가 챙겨 주지 않아도 알아서 전략적으로 행동하는 아이가 대단해 보였다.

그렇게 역사학과를 향해 차근차근 가는가 했는데 아이는 3학년이 되더니 새로운 목표를 말했다.

"나 역사교육과 갈래. 역사 선생님이 되고 싶어."

"뭐? 선생님?"

이번에는 이유를 묻지도 않았다. 말려야 한다는 생각

부터 들었다.

"교사는 많은 아이들을 한꺼번에 상대해야 돼. 근데 너는 듣는 게 완벽하지 않잖아. 발음도 그렇고. 그런 네가 교사로 일할 수 있겠니? 이건 역사를 전공하는 거랑은 차원이 다른 문제야."

"어려운 점도 있겠지만 그래도 할 수 있을 것 같아. 나는 역사도 좋아하고 내가 아는 걸 가르쳐 주는 것도 좋아하니까."

아이의 뜻이 워낙 완강해서 어떤 말로도 꺾을 수 없었다. 자식 이기는 부모 없다는 말은 내게도 예외가 아니었다. 아이 때문에 속을 태우다 보니 저절로 부모님 생각이 났다. 내가 고향을 떠나 서울에 있는 대학에 진학할 때도, 대학을 졸업하고 직장을 택할 때도, 직장을 나와 언어치료사가 될 때도 부모님은 이래라저래라 강요하지 않으셨다. 조언해 줄 때는 있어도 언제나 선택은 자식에게 맡기셨다. 대신 선택에는 책임이 따르는 법. 나는 내 선택을 후회하지 않도록 최선을 다했다. 이제는 부모로서 내 아이 역시 자신의 선택에 최선을 다하기를 바랐다.

대학 입시를 결정짓는 중차대한 시기, 고3. 이 시기에 어떤 부모들은 아이의 학원과 과외 스케줄을 다 짜 주고 스케줄에 맞추어 함께 움직인다고 한다. 또 어떤 부모들은 아이를 따라 수험 생활을 하듯 외부 활동을 최대한 자제하고 조용히 지낸다고 한다. 그런데 나는 이미 언어치료에다 집필, 강연, 강의로 바쁜 것도 모자라 아이가 고3이 되자마자 박사 과정에 들어갔다. 남들 눈에는 참 성의 없는 엄마였을 것이다. 그래도 내가 놓치지 않았던 한 가지는 아이의 선택을 믿어 주는 것이었다.

3학년 1학기 중간고사를 마치고 받은 성적표에는 내 기대를 뛰어넘는 숫자가 찍혀 있었다. 물론 상위권 학생들에 비하면 턱없이 부족했을 것이다. 하지만 이 성적은 아이가 청각장애라는 어려움 속에서도 포기하지 않고 조금씩 점수를 끌어올린 결과였다. 고등학교 때 성적을 올리기가 얼마나 힘든 일인가. 떨어지지만 않아도 다행이라 하지 않나. 아이가 너무도 자랑스럽고 고마웠다. 무심한 데다 무뚝뚝하기까지 한 경상도 엄마인지라 겉으로는 그저 "잘했네" 하는 말뿐이었지만.

3학년 1학기까지의 내신 성적을 바탕으로 수시 원서를 썼다. 여섯 장까지 쓸 수 있는데 역사교육과와 교직 이

수가 가능한 사학과로 골랐다. 그리고 아이는 수능을 치렀다. 수시에 지원한 대학들 중에는 수능 등급이 기준에 미달하면 합격시키지 않는 곳도 있어서 긴장을 놓을 수 없었다. 수능을 마치고 온 아이는 "망했다"라는 딱 한마디 말로 소감을 표현했다. 그 말을 대수롭지 않게 넘겼다. 수시 전형에 합격할 줄 알았으니까. 한 대학은 1차에 합격해서 면접을 보기도 했다.

하지만 결과는 모두 불합격. 전혀 예상치 못한 일이었다. 무리하게 상향 지원을 하지도 않았건만. 아이는 의기소침했고 나는 그런 아이를 보며 좌불안석이었다. 하지만 아이는 역시 나보다 나았다. 곧 의연함을 되찾고 정시를 알아보기 시작했다. 망했다던 그 수능 점수를 가지고 정시 원서를 쓰게 되다니. 눈치작전을 해 가며 마지막의 마지막까지 고민했다. 세 장의 정시 원서 모두 교대와 사범대로 정했다. 역시 아이의 결정이었다.

정시 원서를 접수하긴 했지만 어쩌면 재수를 하게 되지 않을까 생각했다. 그러던 중 기쁜 소식이 날아왔다. 한 교대에 1차 합격한 것이다. 하지만 아직 면접이라는 관문이 남아 있었다. 교대는 면접이 차지하는 비중이 크기에

철저히 대비해야 했다. 어떻게 공부하든 전적으로 아이에게 맡겨 온 태평한 엄마지만 이번만큼은 가만있을 수 없었다. 교대 면접을 직접 경험하고 지금 교대에 다니고 있는 대학생을 수소문했다. 알음알음으로 만나게 된 교대 4학년 대학생은 예상 질문까지 상세하게 뽑아 주며 아이의 면접 준비를 도와주었다. 덕분에 아이는 면접을 본 후 표정이 밝았다. 그렇다고 안심할 수는 없는 노릇. 결과를 기다리는 며칠 동안 그야말로 피가 마르는 기분이었다.

그리고 아이의 졸업식을 하루 앞둔 날.

"나 합격했어."

아이가 내민 핸드폰 화면에는 합격 문자가 있었다. 눈시울이 뜨거워지며 목이 메었다. 좋아서 입이 헤벌어진 아이의 등을 말없이 두드려 주었다. 다음 날 졸업식에 참석하러 학교에 간 아이는 합격자 게시판에 자신의 이름을 또박또박 적었다.

약 한 달 후 대학 입학식이 열렸다. 아이는 엄마 없이 아빠와 함께 갔다. 아이가 축하 현수막 앞에서 사진을 찍을 때 나는 제주도에서 열린 국제학회에 참석해 강의를 듣고 있었다. 그렇게 아이는 교대생이 되었고 나는 다시 바쁜 엄마의 위치로 돌아왔다.

지금 아이는 신나는 대학생활을 만끽하고 있다. 처음으로 집을 떠나 기숙사에서 지내는 것도 마냥 재미있나 보다. 나름대로 학점 관리에도 신경 쓴다고 한다. 한때는 말을 할 수 있을지조차 불확실하던 아이가 이제는 어엿한 대학생이라니. 당연히 기쁘지만 그것이 성공이라고 자부하지도, 끝이라고 안심하지도 않는다. 성인이 된 아이의 앞길에는 더 힘들고 어려운 일들이 놓여 있을지도 모른다. 하지만 오랜 기다림 끝에 아이가 여물어 갔듯이 앞으로도 그렇게 성장해 가리라 믿는다.

기다림. 바로 그것이 지난 세월 동안 아이가 내게 가르쳐 준 것이다. 아이가 성장해 온 그 시간 동안 기다리고 또 기다리며, 조급한 엄마였던 나도 성장해 왔다. 그 기다림 덕분에 언어치료사로서도 성장할 수 있었다. 아이를 향한 내 기다림, 그리고 언어치료실에서 마주하는 또 다른 아이들을 향한 내 기다림은 계속되고 있다.

아이가 축하 현수막 앞에서 사진을 찍을 때
나는 제주도에서 열린 국제학회에 참석해 강의를 듣고 있었다.
그렇게 아이는 교대생이 되었고
나는 다시 바쁜 엄마의 위치로 돌아왔다.

5부   언어치료사는
오늘도
고민 중

엄마와 언어치료사 사이에서

어쩌다 보니 언어치료사가 되었다고 말하곤 한다. 청각장애를 가진 내 아이를 위해 뭐라도 하고자 시작한 언어치료 공부였는데 그게 결국 직업으로 이어졌다. 말 때문에 어려움을 겪는 아이들과 부모님들에게 도움이 되고 싶었다. 내 아이와 내가 바로 그 당사자 아닌가. 언어치료사로 일하기 시작했을 때 자신했다. 비록 아직 경험은 적지만 아이들과 부모님들의 입장을 이해하고 공감하는 것만큼은 정말 잘할 수 있다고.

역시나 그랬다. 상담 시간에 부모님과 이야기하다 보면 저절로 감정이 이입되었다. 아이를 안고 언어치료실에 앉아 있던 내 모습이 겹쳐지곤 했다. 친척에게 무시를 당했다든지, 길에서 싸늘한 시선을 받았든지 하는 일을 들을 때는 내가 더 울컥해서 흥분했다.

"아니, 어떻게 그럴 수가 있어요? 아픈 애를 두고 그러면 안 되는 거잖아요! 진짜 너무들 하네요!"

부모님을 위로하고 격려할 때는 더욱 힘주어 목소리를 높였다.

"어머니, 괜찮아요. 걱정하지 마세요. 우리 같이 힘을 내서 보란 듯이 잘 키워 봐요."

몇 년이 지났다. 언어치료사로 일하는 데도 익숙해졌고 자리도 잡았다. 많은 아이들, 많은 부모님들을 만났고 그만큼 상담 시간도 쌓였다. 그런데 자꾸 이런 의문이 나를 사로잡았다. '내가 부모님들과 제대로 상담하고 있는 건가?'

언젠가부터 내 상담의 성격이 모호하다는 아쉬움이 들었다. 내가 언어치료사로서 진지하게 상담을 하는 것인지, 엄마로서 열띠게 수다를 떠는 것인지 헷갈렸다. 상담이 진행되는 동안에는 부모님들과 허물없이 가까워지는 느낌에 뿌듯했지만 상담을 마치고 나면 어쩐지 찜찜했다. 무언가 중요한 부분을 놓치고 있었다. 이해와 공감에는 누구보다도 자신 있었는데, 이해와 공감만으로는 채워지지 않는 것이 있었다.

그러던 어느 날 문득 책장에서 두꺼운 원서 한 권이 눈에 들어왔다. 언어치료사의 상담에 대한 책이었다. 언어치료를 전공할 때는 밑줄을 쳐 가며 열심히 읽었지만 졸업한 후로는 들여다본 적이 없었다. 오랜만에 책을 꺼내 펼쳤다. 한 장 한 장 넘기다가 '부모와 함께하는 언어치료 목표의 공유'라는 부분에 이르렀다. 그 부분을 읽다 보니 '아!' 하는 생각이 들었다.

내가 상담실에서 만나는 부모님들은 어디서 끝날지 도무지 알 수 없는 어두컴컴한 터널을 지나고 있다. 어쩌면 그 터널은 평생토록 끝나지 않을지도 모른다. 그래서 상담 도중에 괴로운 마음을 토로하는 부모님, 눈물까지 보이는 부모님이 많다. 이해와 공감이 절실히 필요하다. 하지만 어디까지나 상담의 가장 큰 목적은 아이의 언어가 성장하는 것이다.

언어치료에서 부모님은 어떤 존재인가. 주변인이나 조력자에 머무는 존재가 아니다. 언어치료사와 더불어 언어치료의 주체가 되어야 하는 존재다. 아이의 언어가 성장하는 데는 언어치료실에서의 수업만이 아니라 집에서의 일상이 중요하기 때문이다. 언어치료사와 부모님이 같은 방향을 향해 나란히 나아가야 하는 것이다. 그러자면 목표를 공유하고 그 목표를 위해 필요한 활동을 논의해야 한다.

바로 이것이 내가 놓치고 있던 부분이었다. 내 상담이 어째서 미진하게 느껴졌는지 그제야 알 수 있었다. 언어치료실에서 부모님을 보는 시선부터 재정립했다. 내가 다독여 주어야 하는 존재에서 나와 함께 언어치료를 하는 존재로. 그러자 상담이 달라졌다. 그전에는 어떤 활동을 할지 나 혼자 판단해서 부모님에게 전달했다면 이제는 꼭 부모님의 의견을 묻는다.

"어머니, 지금 우리 규민이가 이해하고 있는 단어가 몇 개나 될까요? 우리 같이 그 단어들을 한번 적어 볼까요?"

"엄마, 아빠, 우유, 꿀꿀, 음매……. 열 개가 좀 안 되는 것 같아요."

"3개월 뒤에는 몇 개 정도 늘어날 수 있을까요?"

"음, 아마도…… 열 개? 규민이가 열 개만 더 이해하면 너무 좋겠는데요."

이렇게 대답할 때 부모님의 눈은 의욕으로 반짝인다.

그러면 나는 계속 질문을 건넨다.

"열 개 가능하죠. 그 열 개의 단어들을 정해 볼까요? 어떤 단어를 더 이해할 수 있을까요?"

"형아, 맘마, 꽥꽥……."

"오늘 수업할 때 보니까 동사도 가능할 것 같아요. 넣어, 빼, 먹어 같은. 이런 단어들도 추가해 볼까요?"

"네, 선생님. 좋아요."

"그럼 규민이가 이런 말들을 더 이해하려면 집에서 어떻게 해 주셔야 할까요?"

"제가 많이 들려 주고 보여 줄게요."

의견을 주고받으며 대화해 나가다 보면 부모님 스스로 목표를 잡고 방법을 찾는다. 자연스레 "우리 함께 열심히 해 봐요!"라는 파이팅으로 상담을 마무리하게 된다.

나는 언어치료사다. 또한 나는 청각장애 아이의 엄마다. 그 둘은 모두 내 정체성이고 서로 긴밀히 연결되어 있다. 전문가로서 언어치료에 대한 정보만 말한다면 부모님들이 선뜻 받아들이기 힘들 것이다. 선배 엄마로서 내 개인의 경험에만 매몰되어 있다면 부모님들이 실질적인 도움을 얻지 못할 것이다. 한쪽에 치우치지 않고 균형을 잘 잡아야 하는 것은 내 숙명이자 과제다. 그래서 내게 언어 치료사로서의 삶이란 끊임없이 나 자신을 점검하는 일이기도 하다.

더 넓은 세상과 교감하며

아이가 인공와우 수술을 받고 한창 재활을 할 때다. 아이의 언어 발달을 위해 집에서도 무언가 하고 싶었다. 평소 책을 좋아하다 보니 이번에도 책부터 찾아야지 생각했다. 아이를 담당하는 언어치료사 선생님에게 문의했다.

"선생님, 제가 집에서 읽고 적용해 볼 수 있는 책이 있을까요?"

언어치료사 선생님은 한번 찾아보겠다고 했지만 결국 속 시원한 대답은 듣지 못했다. 직접 서점을 뒤져 보아도 일반 독자가 볼 만한 책은 없었다. 결국 어려운 전공서적을 펼쳐 보다가 이럴 바에는 아예 본격적으로 해 보자 싶어 언어치료 공부를 시작하게 된 것이다.

시간이 흘렀다. 언어치료 실습을 하며 만난 부모님들도, 언어치료를 공부하는 엄마인 내게 조언을 구하는 부모님들도 똑같은 질문을 해 왔다. 나도 속 시원한 대답을 드리지 못했다. 이거다 하고 추천할 만한 책이 없었다. 예전의 나처럼 이 부모님들도 얼마나 답답할까 안타까워하다가 이런 생각이 들었다. '내가 써 볼까?' 하지만 곧 고개를 저었다. '에이, 내가 어떻게 책을 써.'

또 시간이 흘렀다. 언어치료 석사 과정이 막바지에 이르러 논문 학기를 앞두고 있었다. 대전으로 가는 KTX 안에서 뉘엿뉘엿 넘어가는 해를 바라보다가 문득 결심했다. 그래, 이제는 책을 한번 써 보자.

혹시 그사이에 책이 나오지 않았을까? 아예 없는 것은 아니었다. 육아 전문가가 유아 발달에 대해 종합적으로 쓴 자녀교육서들을 보니 언어 발달도 다루고 있었다. 물론 전반적인 발달 과정 안에서 언어 발달을 살펴볼 필요도 있다. 하지만 나처럼 아이를 언어치료실에 보내야 할 정도로 어려움을 겪는 부모라면 그 정도 내용으로는 성에 안 찰 것이다. 언어치료사가 오로지 언어 발달에만 집중해서 쓴 자녀교육서가 더 도움이 되지 않을까. '쓰고 싶다'는 바람을 넘어 '써야 한다'는 의무감이 들었다.

하지만 당장 책을 쓸 수 있는 형편이 아니었다. 일단 논문이 급했다. 어떻게 이어 온 공부인데 끝은 내야 할 것 아닌가. 논문 심사 일정에 맞추느라 몇 날 며칠을 밤을 새고 동이 트는 것을 보았다. 지도교수님, 심사위원 교수님들에게 많이 혼나고 지적받으며 수정하고 또 수정했다.

가까스로 논문에 마침표를 찍은 다음에야 책 쓰기에 몰입할 수 있었다. 자녀교육 분야의 베스트셀러나 글쓰기 관련 책을 읽어 보기도 하고, 목차를 짜 보기도 하고, 예비 작가 모임에 참여해 보기도 했다. 아직 책이 나온 것이 아닌데도 무언가 이루어 나간다는 성취감이 느껴졌다. 초고를 완성하자마자 여러 출판사에 투고 메일을 보냈다. 곧 몇몇 출판사에서 연락이 왔고 그중 한 군데와 계약을 맺었다. 미팅 때 원고의 수정 방향을 명확하게 짚어 준 출판사였다. 완벽한 원고가 아니라는 사실을 나 자신도 잘 알기에 오히려 믿음이 갔다. 그렇게 원고 작업이 마무리되었고 몇 달 후 내 첫 책《아이의 언어능력》이 세상에 나왔다.

수시로 책을 꺼내 쓰다듬었다. 노란 표지에 선명하게 찍혀 있는 내 이름 석 자가 너무도 신기했다. 한때는 신춘문예로 등단해서 작가가 되기를 꿈꾸었는데, 그래서 어떤 친구는 해마다 신춘문예 당선자 목록에 내 이름이 있는지 찾아보곤 했다는데, 이렇게 언어 발달을 다룬 자녀교육서로 작가라는 타이틀을 달게 될 줄이야.

첫 책을 내고 나서는 초등학생의 언어능력에 대해 이야기하고 싶어 두 번째 책을 냈고, 그다음부터는 출판사의 제안으로 계속 책을 내게 되었다. 다른 전문가들과 함께 난청에 대한 전문서적을 내기도 했다. 지금도 새로운 책을 집필하고 있다. 작가라고 불리는 것이 이제는 제법 익숙해졌다.

그런데 책은 나를 뜻하지 않은 장소로 이끌었다. 바로 강연장. 첫 책이 나오고 얼마 뒤 출판사의 연락을 받았다.

"작가님, 도서관에서 강연 문의가 왔어요."

"강연이요? 전 그런 거 해 본 적 없는데요."

"걱정 마세요. 책 내용을 잘 정리해서 전달하시면 충분해요."

그게 말이 쉽지, 과연 내가 할 수 있는 일일까. 하지만 거절할 수는 없었다. 내 책에 관심을 가지고 연락해 준 것이 너무 감사해서. 강연 당일 새벽까지 자료를 만들었다.

첫 강연은 평생 잊지 못할 것 같다. 도서관 강의실을 가득 채운 50여 명의 사람들. 그 많은 눈동자가 일제히 나를 향하자 한겨울인데도 얼굴이 붉어졌다. 긴장한 티를 내지 않으려 애썼다. 하지만 듣는 사람들은 다 눈치챘을 것이다. 내 목소리가 미세하게 떨리고 있다는 사실을.

그 후로 수많은 장소에서 강연을 했다. 도서관, 문화센터, 초·중·고등학교, 육아종합지원센터, 가족센터, 복지관……. 두 번 이상 간 곳도 여러 군데다. 코로나 팬데믹 때부터는 온라인 강연도 하고 있다. 유튜브 방송에 출연하기도 했다. 나를 불러 주는 곳은 어디든 감사하다.

한번은 대구에 있는 어느 문화센터에서 강연이 잡혔다. 그 전해에 이어 두 번째로 방문하는 곳이었다. 그런데 강연을 일주일 앞두고 담당자가 무척 미안해하며 말했다.

"신청 인원이 네 명이에요. 당일에 오지 않는 사람이 있으면 더 줄어들 수도 있고요. 그래도 강연 가능하실까요? 인원이 적으면 강연을 안 하겠다는 분들도 있어서요."

"저는 괜찮아요. 가겠습니다."

조금도 망설이지 않고 대답했다. 예정된 날짜에 문화센터를 찾았다. 내가 도착하기도 전부터 강연장에 앉아 있던 한 여성이 반가운 미소를 지으며 다가왔다.

"선생님, 저 기억하세요? 작년에도 왔는데."

생각이 났다. 아이가 말이 늦은 편인데 언어치료를 받아야 할지 고민이라던 엄마였다.

"그때 강연 듣고 나서 아이한테 언어 자극을 주려고 많이 노력했어요. 아이는 말이 늘긴 했는데 그래도 아직 부족한 부분이 있어서 최근에 언어치료를 시작했고요. 선생님께 도움받은 게 감사해서 또 뵈려고 찾아왔어요."

엄마는 익숙한 책 한 권을 내밀었다. 내 첫 책《아이의 언어능력》이었다. 어찌나 열심히 읽었는지 곳곳에 포스트잇이 붙어 있었다. 그날 강연은 네 사람을 앞에 두고 하는 소박한 규모였지만 내 마음만은 충만했다.

또 한번은 내 고향인 부산에 갔을 때의 일이다. 100명이 넘는 대규모 강연이었다. 강연을 마친 후 밖으로 나가다가 예쁘장한 선물 상자를 든 여성과 마주쳤다.

"선생님, 오늘 강연 너무 감사합니다. 선생님 책도 다 읽었어요. 저도 인공와우를 한 아이를 키우는 엄마예요."

그 엄마는 차분한 목소리로 조곤조곤 자신의 이야기를 들려주었다. 수술을 받고 재활을 하는 아이를 보며 얼마나

강연을 마친 후 밖으로 나가려는데
한 여성이 예쁘장한 선물 상자를 들고 서 있었다.
"선생님, 오늘 강연 너무 감사합니다.
선생님 책도 다 읽었어요.
저도 인공와우를 한 아이를 키우는 엄마예요."

힘들었는지, 그때 내 책이 얼마나 도움이 되었는지. 어느새 엄마의 눈시울이 살짝 붉어져 있었다. 내게 건넨 선물 상자에는 색색의 마카롱이 가득했다.

그 모습을 친정 부모님이 지켜보고 있었다. 아픈 아이를 키우는 큰딸을 항상 안쓰러워하셨던 부모님, 안정된 직장을 그만두고 언어치료사가 될 때도 걱정하셨던 부모님이었다. 강연 때문에 부산에 간다는 내게 "뭐 하러 멀리까지 그 고생을 하러 오냐" 하면서도 굳이 강연장까지 찾아오신 부모님. 그날 함께 저녁을 먹다가 부모님이 말했다.

"우리 딸이 참 귀한 일을 하고 있구나."

언어치료사는 평소에 한정된 소수의 사람만 만나게 된다. 언어치료라는 것이 긴 시간을 요하는 내밀한 과정이다 보니 당연한 일이다. 하지만 책과 강연은 그러한 제약을 뛰어넘어 수많은 사람과 소통하고 교감하게 해 주었다. 내 책을 읽거나 내 강연에 오는 분들 중에는 아이의 언어 발달 때문에 고민하며 애타게 방법을 찾는 부모님이 많다. 그 절실함을 누구보다 잘 알기에 나는 또 책을 쓰고 강연을 다닌다. 십수 년 전 강연은 고사하고 책도 찾지 못해 막막해하던 나 같은 부모님이 더는 없기를 바라며.

미래의 언어치료사들 앞에 서다

대학원을 졸업하던 날 교정을 둘러보며 감회에 젖었다. 내게는 새로운 지식을 얻은 배움의 공간이자 많은 가르침을 얻은 고마운 공간. 하지만 즐거운 기억보다는 어렵고 힘든 기억이 먼저 떠올랐다. 서울에서 대전까지 기차를 타고 통학하는 길은 너무나 고되었다. 더구나 논문을 쓰는 것은 나라는 존재를 극한까지 몰고 가는 일이었다. 이 장소에 다시 올 일이 과연 있을까 싶었다. 학교는 이제 안녕이구나.

그랬던 내가 몇 년 만에 다시 그 교정에 발을 들였다. 햇살이 눈부신 5월이었다. 청각장애 가족들이 함께하는 캠프에 언어치료·청각재활학과 학생들이 자원봉사자로 참여해 주었으면 해서 부탁하러 간 것이었다. 학과장님은 오랜만에 찾아온 나를 환한 웃음으로 맞아주었다. 따뜻하고 다정한 환대였다. 이런저런 이야기를 나누다가 학과장님이 뜻밖의 제안을 꺼냈다.

"장재진 선생님이 우리 학생들을 가르쳐 주시면 좋겠어요. 실습지도도 해 주시고요. 어때요?"

"네? 제가요? 아유, 제가 할 수 있을까요?"

너무 놀라 손사래부터 쳤다. 대중 앞에서 하는 강연은 익숙해졌지만 대학 강의는 또 다른 차원이 아닌가. 아직 더 배워야 하고 경력도 더 쌓아야 하는 내가 대학 강단에 선 모습이 상상되지 않았다. 그러다 결국 용기를 낸 것은 학과장님의 이 말씀 때문이었다.

"하실 수 있어요. 아이들과 부모님들에 대해 어떤 마음을 가져야 하는지, 현장에서 선생님이 느낀 그 진심만 전해 주시면 돼요."

내 아이를 데리고 언어치료실을 다녔던 시간들을 돌아보았다. 아이의 언어가 기대만큼 늘지 않아 흔들리고 괴로울 때마다 언어치료사 선생님들이 나를 다잡아 주었다. 격려와 배려가 가득한 말씀들로 내가 다시 기운을 차릴 수 있게 해 주었다. 그분들의 마음 씀씀이에 얼마나 감사하고 뭉클했던가.

하지만 모든 언어치료사 선생님이 그랬던 것은 아니다. 아이에 대한 이해도, 엄마인 나에 대한 이해도 없는 공허한 조언을 늘어놓는 경우도 있었고, 아예 언어치료 수업이 어떻게 진행되는지 설명조차 제대로 해 주지 않는 경우도 있었다. 그런 분들에게 아이를 계속 맡기고 싶은 생각이 들 리 없기에 관계가 오래가지 못했다.

무엇이 이 차이를 만들었을까. 공부를 얼마나 했는지, 경험을 얼마나 했는지도 물론 영향을 미쳤겠지만 그것이 전부는 아니었다. 답은 학과장님이 나를 설득한 말 속에 있었다. 바로 진심. 아이가 성장하기를 바라는 진심, 부모가 힘을 내기를 바라는 진심 말이다. 그래서 언어치료는 단순한 기술이 아니라 마음가짐이라는 생각도 든다.

물론 실제로 언어치료학을 전공하게 된 학생들의 동기는 지극히 개인적이고 현실적인 것일 수도 있다. 누군가는 취업이 잘된다는 점을 고려해서, 또 누군가는 성적에 맞추다 보니 언어치료학을 선택했는지도 모른다. 그래도 내 간절한 마음이 전달된다면 학생들이 언어치료사라는 직업을 대하는 자세를 새롭게 할 수 있지 않을까. 그러다 보면 진심을 가진 언어치료사가 더 많이 나올 수 있지 않을까.

그 기대감이 결국 나를 강단에 서게 만들었다. 서울과 대전을 오가는 기차를 다시 매주 타게 되었다.

"교수님, 안녕하세요."

처음에는 교수님이라는 호칭이 스스로 너무 어색했다. 가르치는 위치에 있다는 사실이 여전히 부담으로 다가왔나 보다. 하지만 강의실에서 눈빛을 빛내고 있는 학생들을 보고 있노라면 절로 의욕이 솟았다. 그 맑고 밝은 눈동자들이 지금도 선명하게 기억난다. 일정을 쪼개어 강의를 준비하고 먼 길을 오가는 것이 힘들었지만 괴롭지는 않았다. 배우고자 하는 의욕이 충만한 학생들과 만나는 것은 즐겁고 행복한 일이었다. 가끔은 수업 도중에 은근슬쩍 딴짓을 하거나 꾸벅꾸벅 조는 학생들도 있었다. 하지만 그런 학생들도 점차 변해 가는 모습을 보여 주었다.

3학년 학부생 50여 명을 대상으로 하는 수업을 시작으로 매 학기 강의를 맡았다. 나중에는 대학원 수업까지 맡게 되었다. 그 시간들을 거치며 학생들만 배운 것이 아니라 나 자신도 배웠다. 강의를 위해 내가 가진 지식을 또 한

번 점검하고 그사이 새로 나온 이론이나 연구 결과도 살펴보았기 때문이다. 다시 학생이 되어 공부하는 기분이었다.

학기가 끝날 무렵이면 학생들이 강의평가서를 작성하게 된다. 나는 항목별 점수보다도 맨 마지막 칸에 적힌 글을 유심히 살펴본다. 손으로 직접 쓴 글자들에 담긴 마음을 읽어 본다.

"교수님 수업을 들으면서 청각장애 아이들을 위한 언어치료를 하겠다는 목표가 생겼어요."

"아이들을 어떻게 대해야 하는지, 부모 상담을 어떻게 해야 하는지 실제적인 방법을 알려 주셔서 감사합니다. 저도 꼭 실천하겠습니다."

"언어치료사라는 직업에 자신이 없었는데 이제 확신이 생겼어요. 좋은 언어치료사가 되고 싶습니다."

학생들의 글에서 '나도 할 수 있다'라는 자신감이 드러날 때 더없는 보람을 느낀다. 처음 강단에 섰을 때 세웠던 목표가 이루어지고 있구나 하는 생각이 든다. 물론 때로는 어떤 점이 아쉬웠다든가, 어떤 점이 어려웠다든가 하는 글도 본다. 내가 너무 욕심을 부린 탓인지 과제와 발표의 양이 너무 많다는 글도 빠지지 않는다. 그런 내용도 내 수업에 대한 소중한 의견이기에 잘 기억했다가 다음 학기에 꼭 반영하려고 신경 쓴다.

첫 강의를 시작하고 어느새 8년의 세월이 흘렀다. 그동안 내 수업을 거쳐 간 많은 학생이 떠오른다. 한 명 한 명 모두 고마울 뿐이다. 학기 말이 되어 마지막 수업을 할 때마다 꼭 하는 이야기가 있다.

"여러분이 졸업하고 나면 우리는 언어치료 현장에서 마주치게 될 거예요. 언어치료 현장은 너무도 좁아서 어디에 있든 연결될 수 있어요. 앞으로 교수와 학생이 아니라 언어치료 동료이자 선후배로 다시 반갑게 만납시다."

저와 함께 시작해 주시겠어요?

　안정된 직장인의 삶을 뒤로하고 언어치료사의 길을 택한 것은 내게 엄청난 결심이었다. 몇 년의 시간이 지나 언어치료사로서 자리를 잡은 시기에 나는 또다시 큰 결심을 하게 되었다.

　'내가 직접 언어치료센터를 열어야겠다.'

　당시 보청기센터와 아동발달센터에서 일하고 있던 내 근무 시간표는 언어치료 스케줄로 빈틈없이 꽉 채워져 있었다. 애초에 언어치료라는 것이 단기간에 완료되기 힘들거니와, 성장이 빠른 아이라 해도 또 그다음 목표를 세우다 보면 계속 수업을 받아야 했다. 그런데도 새로 들어오고자 하는 아이들은 자꾸만 늘어났다. 길어지는 대기 명단을 볼 때마다 마음이 무거웠다. 이 아이들을 어찌하면 좋을까. 개인으로서는 시간을 더 낼 수 없는 상황에서 내가 무엇을 할 수 있을까.

고민 끝에 내린 답이 언어치료를 전문으로 하는 센터를 여는 것이었다. 내가 짠 시스템 안에서 돌아가지만 나 혼자가 아니라 뜻이 맞는 여러 언어치료사가 함께하는 언어치료센터. 평범하고 무난한 삶을 바라던 20대의 내게 자영업이란 나와 전혀 상관없는 영역이었다. 그런데 정년이 보장된 직장을 버린 것으로도 모자라 이제는 꼬박꼬박 들어오는 월급을 포기하고 스스로 자영업자가 되려 하다니. 주위 사람들은 이번에도 역시나 고개를 저었다.

"재진 씨는 언어치료가 하고 싶은 거지, 경영까지 하고 싶은 건 아니잖아?"

"센터를 운영하면 신경 쓸 게 한두 가지가 아닌데 굳이 그 스트레스를 감당할 필요 있나요?"

언어치료사가 되기로 결심할 때도 몇 년을 고민했듯 이번에도 고민만 하며 2년의 시간을 보냈다. 그사이 상황이 나아지기는커녕 집필과 강연으로 더욱 시간이 부족해졌다. 마침내 결단을 내렸다.

몸담고 있던 센터에 사표를 낸 다음, 센터의 허락을 받고 부모님들에게 소식을 알렸다. 부모님들은 내가 한동안 수업을 하지 못하게 되었다는 사실에 아쉬워하면서도 새로운 출발을 응원해 주었다. 나를 믿고 새로운 센터로 옮기겠다고 하는 부모님들도 있었다. 그분들을 생각해서라도 서둘러 준비해야 했다. 하지만 막상 센터를 열려니 막막했다. 무엇부터 시작해야 하나? 그때 내가 일하던 아동발달센터의 원장님이 손을 내밀었다.

"준비 어디까지 되셨어요? 장소는 정하셨고요?"

"아니요. 지금 하나도 된 게 없어요."

"제가 도와드릴게요. 우선 공간 계약부터 하시죠."

원장님은 오래전 내 아이의 특수체육 수업을 담당한 분이었다. 시간이 흘러 그분은 아동발달센터의 원장이 되었고 나는 그 센터의 언어치료사가 되었다. 그리고 이제는 센터를 운영하는 선배로서 나를 돕고자 선뜻 나선 것이다.

그때부터 일은 일사천리로 흘러갔다. 원장님이 아니었다면 센터를 여는 데 1년도 넘게 걸렸을지도 모른다. 위치를 정하고, 공간을 계약하고, 배치도를 그리고, 인테리어를 하고…… 그 모든 과정에 원장님의 도움이 있었다. 인터넷 연결하기, 포털 사이트에 주소 등록하기 같은 자잘하지만 꼭 필요한 일까지 모두 알려 주었다. 모르는 사람이 옆에서 보면 내가 아니라 그분이 새로운 센터를 여는 줄 알았을 것이다.

한편으로는 나와 함께 시작할 언어치료사 선생님들을 만나러 다녔다. 언어치료 공부를 하며 학우로 만났던 분, 센터에서 일하며 동료로 만났던 분, 강단에 서며 교수와 제자로 만났던 분도 있었다.

"아무래도 새로 문을 여는 센터라 어수선한 부분도 있을 거예요. 현실적으로 기존 센터에 비해서 급여를 더 드리기도 힘들고요. 그래도 제가 이거 하나는 약속드릴 수 있어요. 선생님들이 아이들 성장만 신경 쓰시면 되는 시스템, 그리고 선생님들도 이 안에서 함께 성장하실 수 있는 시스템을 갖출 거예요."

평소 개인적 친분이 있더라도 고용인과 피고용인의 관계가 된다는 것이 쉬운 일은 아니다. 아니, 개인적 친분이 있기에 더 어려운 일인지도 모른다. 그럼에도 내 제안에 기꺼이 고개를 끄덕여 준 네 분의 언어치료사 선생님들이 센터에 합류하게 되었다.

모든 준비가 순조로웠다. 이렇게까지 순조로워도 되나 싶을 정도로. 그때 코로나 팬데믹이 터졌다.

하루아침에 멈추어 버린 세상. 사람들의 이동이 제한되니 기존 센터들은 운영이 힘들어져 임시 휴업에 들어가거나 아예 문을 닫는 일이 속출했다. 마음 같아서는 팬데믹이 끝날 때까지 준비를 미루고 싶었다. 하지만 돌이키기에는 너무 많이 와 버렸다. 이미 임대 계약을 맺고 한창 인테리어 공사를 하고 있었으니까. 게다가 내가 센터를 열기를 기다리는 아이들과 부모님들도 있지 않은가.

팬데믹의 한복판에서 센터가 문을 열었다. 정식 이름은 솔언어청각연구소. '솔'이라는 이름에는 '소리'를 줄여 부른 의미와 '소나무'라는 의미를 함께 담았다. 내 걱정이 무색하게 솔언어청각연구소는 팬데믹을 무사히 통과했고 지금까지 큰 탈 없이 순항하고 있다. 솔을 믿어 주고 함께해 주고 힘을 보태 준 분들 덕분이다.

매월 한 번씩 솔에서는 나를 포함해 전체 언어치료사들이 참석하는 회의가 열린다. 그때마다 새삼 느낀다. 나는 어찌 이다지도 인복이 많아서 이 선생님들과 인연을 맺었나. 그동안 언어치료사 채용 공고를 한 번도 올려 본 적이 없다는 것이 내 나름의 자랑거리다. 간혹 빈자리가 생기면 내가 직접 알아보고 제안해 가며 그 자리를 채웠다. 요즘 가장 기쁜 일은 부모님들이 우리 언어치료사 선생님들을 칭찬하는 말씀을 듣는 것이다. 물론 나도 부모님들에게 선생님들 칭찬을 아끼지 않는다. 우리는 모두 아이들의 성장이라는 같은 목표를 향해 가는 사람들이다. 지금 솔에서 나와 함께하고 있는 분들, 솔을 거쳐 간 분들에게 감사하고 또 감사한 마음이다.

센터를 운영하다 보면 서류 작업이며 세금 신고 같은 온갖 잡다한 업무가 따라오기 마련. 하지만 이 일의 본질은 어디까지나 언어치료이며, 언어치료란 사람의 마음을 보는 것이라는 당연한 사실을 항상 생각한다. 그래서 오늘도 바란다. 이 공간에서 마음과 마음이 통하는 순간들이 반짝이길.

열두 명의 전문가가 모이자
생긴 일

학교에서 동료 교수님과 이런저런 수다를 떨고 있었다. 내 전공은 언어치료학, 동료 교수님의 전공은 청각학. 같은 학과 안에서도 분야가 다른 두 전문가가 이야기를 나누다 보니 평소 미진했던 부분이 서로 채워지는 느낌이 들었다.

"둘이 얘기하는 것만으로도 이렇게나 도움이 되네요."

"그러게요. 더 많은 전문가가 모인다면 더 좋겠지요?"

아이의 발달은 다양한 요소가 복잡하게 연결되어 이루어진다. 그래서 언어 문제를 가진 아이들은 언어만이 아니라 다른 문제들도 동반하는 경우가 많다. 발달장애로 인해, 약한 소근육으로 인해 언어 발달에 문제가 나타나기도 한다. 언어 문제가 있다 보니 사회성이나 학습에 문제가 생기기도 한다. 여러 문제를 복합적으로 가진 아이일수록 한 분야 전문가의 노력만으로는 한계가 있을 수밖에 없다.

내 아이를 키울 때도 그 점이 아쉬웠다. 청각장애가 가장 심각하긴 했지만 아이는 운동 발달과 인지 발달도 전반적으로 느렸다. 언어치료사 선생님들은 발달과 관련된 부분에서는 어려워했고, 발달 쪽 전문가들은 청각에 대한 이해가 부족했다. 병원에서 발달 종합 검사를 받아 보면 주의력 평가 결과에 '청각적인 어려움으로 인해 정확하게 진단할 수는 없으나'라는 문구가 항상 들어가 있었다. 아이의 주의력이 낮은 이유가 산만하고 충동적이기 때문인지, 아니면 잘 듣지 못해서 지시 사항을 이해하지 못했기 때문인지 잘 모르겠다는 의미였다.

이제 나는 언어치료사라는 어엿한 전문가의 위치에 서 있다. 언어 문제를 대하는 능력만큼은 어딜 가도 뒤지지 않는다고 자부한다. 하지만 오히려 그럴수록 내 지식만으로는 채워지지 않는 부분이 있다는 사실을 절감한다. 복지 선진국들에서는 장애를 가진 아이를 중심으로 여러 분야 전문가가 모여 협의한다고 한다. 그렇게 해야 한 아이의 성장을 위한 가장 적절한 방법을 찾아낼 수 있다는 것이다. 그 모습이 부러웠다.

동료 교수님과 문제의식을 공유하다 보니 불끈 용기가 솟았다. 우리라고 못할 게 뭔가.

"그런 모임 한번 시작해 볼까요?"

"좋아요. 일 한번 저질러 봅시다."

의기투합한 우리 둘은 그날로 SNS에 게시물을 올렸다.

"청각중복장애에 관심이 많은 전문가들의 자리를 만들고자 합니다. 자신의 영역은 잘 알지만 다른 영역과의 교류는 부족하다는 생각을 해 왔습니다. 함께 고민을 나누며 서로 도움을 나눌 분들을 찾습니다."

그 게시물은 내 예상을 뛰어넘을 만큼 많은 관심을 받았다. 참여 방법을 알려 달라는 문의가 이어졌다. 같은 고민을 가진 전문가들이 그만큼 많았기 때문이리라. 몇몇 분에게는 죄송하지만 다음 기회에 뵙겠다고 정중한 회신을 보내야 했다.

그렇게 다양한 영역에서 열두 명의 전문가가 모였다. 언어치료사, 작업치료사, 심리치료사, 특수교사, 청능사, 의사……. 첫 만남을 가지고 나서 어찌나 뭉클하고 든든하던지. 소박하지만 의미 있는 첫걸음을 내디딘 것이다.

모임은 두어 달에 한 번씩 이루어졌다. 코로나 팬데믹 때는 줌으로 모임을 이어 갔다. 각자의 영역에 대해 발제를 할 때도 있었고, 사례를 발표한 다음 서로 의견을 제시할 때도 있었다. 다른 분야 전문가들의 이야기를 듣다 보면 내가 놓치고 있던 부분을 볼 수 있었고 언어치료에 접목할 만한 방법을 발견하기도 했다.

한번은 당시 내가 맡고 있던 청각장애 아이의 영상을 함께 보았다. 다섯 살 세은이는 정서적으로 불안정하고 예민한 아이로, 어휘의 사용이 무척 제한적이었다. 언어치료실에 와도 수업 자체를 거부하고 혼자 있으려고만 해서 고민하고 있었다. 고작 몇 분의 영상일 뿐인데도 여러 유용한 조언을 들을 수 있었다.

"낯선 것에 대해 경계심이 크다 보니 자신이 가장 익숙한 단어만 반복해서 쓰려는 것으로 보여요."

"인지능력의 문제 때문에 심리적 문제가 함께 따라온 것일 수도 있어요. 관련 검사를 받아 볼 필요가 있는 것 같아요."

"저도 비슷한 아이를 만난 적이 있는데 감각통합치료

가 정서 안정에 효과가 있었어요."

새삼 깨달았다. 내 지식이 얼마나 한정적인지. 모임을 할 때마다 가려웠던 부분을 시원하게 긁어 주는 듯했다. 모임에 참여하는 다른 전문가들도 이구동성으로 말했다. 그동안 고민하던 문제에 대한 해결책을 찾았다고. 자신의 분야를 넘어 문제를 폭넓게 이해하게 되었다고.

언젠가는 이 모임에서 나름의 결과물을 내야겠다는 생각을 한다. 중복장애를 가진 아이나 발달상 어려움을 복합적으로 가진 아이의 부모를 위한 작은 가이드북의 형태가 될 것 같다. 우리나라에서는 아마 최초의 시도가 아닐까 싶다. 거창한 수준은 아니지만 여러 전문가가 함께 이루어 낸 작업이라는 것만으로도 큰 의미가 있지 않을까.

이 모임 외에도, 언어치료사로 활동하며 책도 쓰고 강연도 다니고 SNS도 하다 보니 이런저런 인연으로 다양한 전문가를 만났다. 초중고 교사, 유치원 교사, 독서지도사, 사서, 사회복지사, 공무원, 기자, 그리고 다른 재활 영역의 치료사도 있었다. 그분들의 열정은 언제나 내게 좋은 자극이 된다.

한 아이를 키우려면 온 마을이 필요하다고 한다. 느린

아이일수록 더욱 그럴 것이다. 전문가들이 함께 손잡는다면 온 마을까지는 못 되더라도 조금 더 든든한 울타리는 되어 줄 수 있지 않을까. 언어치료사인 나도 그 울타리의 일부이기를 바랄 뿐이다.

느린 아이를 위한
코디네이터를 꿈꾸며

"어머니, 저를 전적으로 믿으셔야 합니다."

드라마 〈스카이 캐슬〉에 나오는 입시 코디네이터 김주영은 비뚤어진 교육열을 상징하는 악역이다. 그런데 나는 그 존재가 부러웠다. 대학 입시라는 중대사 앞에서 혼란스러워하는 부모와 아이를 '바로 이 방향이다' 하고 이끌어주는 사람이라니.

느린 아이가 태어날 것을 미리 알고 대비하는 부모가 어디 있을까. 대개는 전혀 예상하지 않고 있다가 느닷없이 아이의 문제를 맞닥뜨리게 된다. 느린 아이를 키운다는 것은 예측할 수 없는 변수, 계획하지 않은 상황이 몇 배로 늘어난다는 것을 의미한다. 부모는 정확한 방향을 알지 못해

늘 갈팡질팡한다. 무언가 결정해야 할 때마다 안개 자욱한 고개를 넘는 듯 막막하다. 아이뿐 아니라 가족 전체의 삶이 이리저리 흔들린다. 아이를 일차적으로 책임져야 하는 존재는 부모지만 그렇다고 부모에게 이 모든 혼란을 오롯이 떠안게 하는 것은 가혹하다.

나도 그렇게 안개 속에서 20여 년을 살아왔다. 제발 누가 조언해 주고 방향을 알려 주었으면 하는 생각을 얼마나 자주 했는지 모른다. 한편으로는 의아했다. 지금 이 길을 내가 가장 먼저 걷는 것도, 나 혼자서 걷는 것도 아닐 텐데 왜 이다지도 혼란스럽단 말인가.

이런 고충을 가진 사람은 나만이 아니었다.

"궁금할 때 질문하면 대답해 주는 누군가가 옆에 있으면 좋겠어요."

"물어보고 싶어도 누구한테 물어봐야 하는지도 모르겠어요."

"아이의 장애만이 아니라 양육에 대해 두루두루 들어 주고 조언해 주는 사람이 필요해요."

"결정이야 제가 하는 거지만 의견을 구할 데가 너무 부족해요."

"아이가 클수록 학습이며 기관이며 물어보고 싶은 게 너무 많아져요."

느린 아이를 키우는 부모일수록 가이드와 코칭이 더욱 절실하다. 아이의 치료와 재활 못지않게 중요하다 해도 과언이 아니다. 어디로 향해야 하는지 방향이 보인다면 아이도 부모도 마음이 훨씬 안정될 텐데.

다행히 최근에는 상황이 다소 나아진 것 같다. 느린 아이를 키우는 부모들의 만남, 선후배 부모들 사이의 멘토링이 과거보다 활발해졌다. 인터넷 커뮤니티, SNS, 유튜브가 활성화된 덕분이다. 하지만 여전히 아쉬운 점이 있다. 선배 부모, 동료 부모가 함께하는 것도 좋지만 그 분야의 전문가가 함께한다면 더욱 도움이 되지 않을까. 입시생 부모가 입시 코디네이터를 찾듯 느린 아이 부모가 '느린 아이 코디네이터'를 찾을 수 있다면 얼마나 좋을까.

이제는 내가 그런 역할을 하고 싶다. 20여 년 동안 느린 아이를 키운 엄마이자 오늘도 느린 아이들을 만나는 언어치료사로서. 물론 아이들마다 상황이 다르기에 내 경험과 지식이 항상 정답이 될 수는 없다. 그래도 부모가 방향을 잡는 데 유용한 조언 정도는 되리라 믿는다. 내가 겪은 시행착오나 후회스러운 일이 누군가에게는 의미 있는 사례가 될 수도 있을 것이다. 때로는 용기를 주고 힘을 북돋우고자 한다. 아이의 성장을 포기하기에는 너무 이르다고, 지금의 기대치는 아이를 너무 낮춰 본 거라고.

그래서 강연을 나가면 꼭 하는 일이 있다. 내 SNS와 블로그, 이메일을 공개하며 이렇게 당부하는 것이다.

"제가 오늘 여기서 질문을 받긴 했습니다만, 혹시 여러분 중에 미처 못 한 질문이 있다든지 몇 달 뒤에 갑자기 궁금한 게 생긴다든지 할 수 있잖아요. 그러면 '그때 강연 들었던 사람인데 이러이러한 게 궁금하다' 하고 메일이든 메시지든 보내 주세요."

실제로 강연 후에 연락해 오는 분들이 종종 있다. 워낙 벌인 일이 많다 보니 속도가 빠르지는 못하지만 늦더라도 성심껏 답을 드리려고 노력한다. 내 답을 보고 그분들의 답답한 마음이 조금이라도 풀리기를 바라며.

얼마 전부터는 아동 발달을 다루는 한 스타트업을 통해 온라인으로 부모 코칭을 진행하고 있다. 그중 언어 발달이 느린 다섯 살 아이의 아빠가 있었다. 아빠의 고민은 아이에게 언어 자극을 주기 위해 어떤 놀이를 어떻게 해야 할지 모르겠다는 것이었다.

"아버지께서 자신 있는 놀이는 어떤 건가요?"

"저는 그냥 몸놀이가 가장 편해요. 아이를 안아 올리거나 뭐 그런 거요."

"그럼 신체 놀이를 하면서 적절한 언어 자극을 주시면 돼요. 아이를 올릴 때는 '올려요', 내릴 때는 '내려요'라고 말해 보세요. 아버지나 아이가 하고 있는 동작에 이름을 붙이시면 돼요."

"아, 몸놀이를 하면서 같이 웃기만 했는데 그렇게 언어 자극을 줄 수 있군요. 그 생각은 못 했네요."

화면에 비친 아빠의 표정이 밝아졌다. 그동안 얼마나 답답했을까. 이제 방법을 찾았으니 아빠와의 놀이 시간이 아이의 언어 발달에 의미 있는 역할을 하게 될 것이다.

마음 한편에서는 언어치료실을 넘어 새로운 공간을 꿈꾸어 본다. 입시 코디네이터 김주영의 딱딱하고 위압적인 사무실과는 전혀 다른, 따뜻한 휴식 같은 공간. 느린 아이들, 그리고 그 아이들과 함께하는 사람들이 언제나 편하게 찾을 수 있는 공간. 그 공간에 책이 가득 꽂힌 책장이 있다면 좋겠다. 귀여운 그림들이 걸려 있어도 좋고, 다과를 나

느린 아이들, 그리고 그 아이들과 함께하는 사람들이
언제나 편하게 찾을 수 있는 공간.
그 공간에 책이 가득 꽂힌 책장이 있다면 좋겠다.
귀여운 그림들이 걸려 있어도 좋고,
다과를 나눌 수 있는 아늑한 탁자가 놓여 있어도 좋겠다.

눌 수 있는 아늑한 탁자가 놓여 있어도 좋겠다. 창밖의 경치는 꼭 멋지지 않아도 괜찮다. 푸르른 식물을 곳곳에 두면 된다. 조금 느린 바리스타가 커피를 내려 준다면 어떨까. 그곳을 찾는 사람들은 그저 책을 읽으며 쉴 수도 있고, 허심탄회하게 서로의 고민을 나눌 수도 있을 것이다. 나는 때로는 친구가 되고, 때로는 동료가 되고, 때로는 컨설턴트나 멘토가 될 수도 있을 것이다. 공간에 여유가 된다면 느린 아이들과 함께 어울려 놀며 좀 더 포근한 분위기에서 언어치료를 진행해 보고 싶기도 하다.

지금 그 공간은 내 마음속에만 존재한다. 하지만 언젠가 현실로 이루어질 날이 오리라 믿는다. 그때가 되면 다정한 사람들과 다정한 이야기들이 그 공간을 가득 채울 것이다.

청각장애 대학생 윤우의 이야기

저는 인공와우를 이식한 청각장애인이자, 선생님이 되기를 꿈꾸며 교대에서 공부하고 있는 대학생 정윤우입니다. 또한 저는 이 책의 저자인 장재진 언어치료사의 아들이자, 엄마가 언어치료사의 길을 걷게 만든 장본인이기도 합니다. 엄마의 여정을 누구보다도 가까이에서 지켜본 증인으로서, 또한 엄마에게 언어치료를 받은 첫 번째 아이로서 이렇게 인사드리게 되었습니다.

어릴 적 일을 정확히 기억하지는 못하지만, 엄마가 저를 붙잡고 말을 가르치시던 순간들이 어렴풋이 떠오릅니다. 반복된 실수로 혼이 나기도 하고 작은 성취에 격려를 받기도 했지요. 그 시간들은 제게 단지 언어치료 수업만이 아니라 잘못을 받아들이고 이를 통해 성장하는 법을 배우는 과정이었습니다.

저는 청각장애인이지만 초중고 모두 일반학교를 다녔습니다. 듣기가 완벽하지 않다 보니 수업 중에 FM시스템, 원격 속기 지원 등의 보조서비스를 받아야 했습니다. 중학교 3학년 때부터는 PC소보로라는 인공지능 문자통역을 지원받았는데 대학생인 지금도 잘 이용하고 있습니다. 이러한 보조서비스를 받는 데는 엄마의 역할이 컸습니다. 직접 정보를 알아보기도 하고 학교에 요청하기도 하셨지요. 저도 수업에서 뒤처지지 않기 위해 EBS 인터넷 강의를 듣고 필요하면 과외도 받아 가며 노력했습니다. 고등학교 때는 공부 유튜버 구슬쥬의 동영상을 즐겨 보았는데, 구슬쥬의 강연에 참석해 문제집 두 권을 선물받기도 했습니다. 강연 소식이 뜨자마자 곧장 예약해 주신 엄마에게 너무나 큰 고마움을 느낀 기억으로 남아 있습니다.

엄마는 제가 수업을 잘 따라갈 수 있도록 애를 많이 썼지만 학교생활 자체는 언제나 제게 맡기셨습니다. 계속 일반학교를 다닌 것도 제 선택이었습니다. 물론 비장애 학생들에게 맞추어진 환경에서 생활하는 것이 쉬운 일은 아니었습니다. 그나마 공부와 관련해서는 선생님들이 배려해 주시기도 하고 이런저런 보조서비스의 도움을 받을 수도 있었지만 친구들과의 관계는 오롯이 제가 헤쳐 가야 했습니다. 상대방을 대하는 방법이 서툴고 대화를 나누는 데 어려움이 있어서 친구들과 크고 작은 오해와 갈등도 많았습니다. 때로 저를 놀리거나 이상하게 보는 친구들도 있었습니다. 그럼에도 저는 친구들과 지내는 것이 즐거웠습니다. 저와 함께 놀기도 하고 저를 도와주기도 하던 친구들의 얼굴이 지금도 하나하나 생각납니다. 장애를 이유로 움츠러들지 않고 학교 일에 적극적으로 참여하려고 노력했습니다. 그러다 보니 학급 회장으로 뽑혀서 열심히 활동한 적도 있습니다. 일주일에 한 번씩 특수반 선생님과 상담하며 힘든 점이나 고민거리를 이야기할 수 있었던 것도 학교생활에 큰 도움이 되었습니다.

어릴 적부터 엄마가 제게 자주 하시던 말씀이 있습니다. "청각장애는 절대로 부끄러운 게 아니야. 네가 잘못된 행동을 한다면 그게 너 자신에게 부끄러운 거지." 이 말씀은 제 가치관과 자존감에 많은 영향을 미쳤습니다. 저는 청각장애를 비롯한 모든 장애가 부끄러운 것이 아니라 단지 불편한 것일 뿐이라고 믿습니다. 제가 일반학교를 계속 다닌 것도 이러한 신념 때문이었습니다. 비록 어려움은 있어도 스스로 한계를 정하지 않고 남들과 같은 환경에서 배움을 이어 가는 것이 제게 더 큰 성장의 기회가 될 것이라 생각했습니다. 어릴 때는 제 장애를 남들에게 밝히기를 주저했습니다. 친해진 뒤에야 조심스럽게 이야기하곤 했지요. 하지만 고등학교에 들어가면서부터는 스스럼없이 먼저 밝히기 시작했습니다. 저 자신에게 부끄럽지 않기 위해서였고, 청각장애인이라는 제 정체성을 먼저 알리고 싶었습니다. 제가 먼저 당당하게 다가가면 상대방도 저를 더 잘 이해하고 받아들여 주었습니다.

제 꿈은 여러 번 바뀌었습니다. 의사가 되고 싶었던 적도 있고 바리스타가 되고 싶었던 적도 있습니다. 그러다 고등학교 3학년이 되어서는 교사가 되겠다는 확고한 꿈을 가지게 되었습니다. 알려 주고 발표하는 것을 좋아하는 적극적인 성격이라 교사의 일과 잘 맞는다고 판단했기 때문입니다. 외할아버지와 외할머니가 교사이셨고 엄마도 대학 강단에 서시다 보니 그 영향을 받았던 것도 있습니다. 엄마에게 언어치료를 받으며 성취와 좌절 속에 성장한 것도 교사로서 누군가의 성장을 돕고 싶다고 생각한 계기가 되었습니다. 꿈을 정할 때 제 청각장애는 큰 걸림돌로 다가오지 않았습니다. 부모님은 걱정이 크셨지만 저는 노력하면 극복할 수 있다는 믿음이 확고했지요. 고2 겨울방학 때부터 시작된 수험생활 동안 밤늦게까지 학교 자습실과 독서실에서 공부하며 후회 없는 시간을 보냈습니다.

교대에 입학한 지금의 저는 초등교육과에서 심화 전공으로 사회교육을 공부하고 있습니다. 학교가 집에서 멀어 처음으로 부모님 곁을 떠나게 되었는데, 기숙사에서 지내며 새로운 환경에 적응하고 독립심도 키울 수 있었습니다. 교수님들은 제 귀가 불편한 것을 알고 흔쾌히 나서서 소통하며 다양한 방법으로 도와주셨습니다. 친구들과 선배들은 항상 배려와 응원의 말을 아끼지 않았고, 특히 선배들은 밥까지 사 주면서 학교생활에 대해 여러 가지 이야기를 해 주었습니다. 서로 다른 지역에서 온 여러 친구들과 어울려 동아리 활동과 농활도 열심히 했습니다. 평범한 대학생으로서 대학 첫해를 보람차게 마무리하고 이제는 새로운 학기를 시작할 준비를 하고 있습니다.

대학생활에서 가장 의미 있었던 경험은 매주 지역아동

센터에서 아이들을 가르치는 봉사활동이었습니다. 마지막 날 아이들과 담당 선생님께 선물을 드리며 너무 뭉클했던 기억이 납니다. 아이들과 소통하는 과정에서 듣고 말하는 연습의 필요성을 더욱 실감했고, 방학 때마다 언어치료를 받기로 결심했습니다. 누가 시켜서가 아니라, 좋은 선생님이 되어 아이들 앞에 서기 위해 저 스스로 언어치료를 선택한 것입니다.

제가 성장하는 동안 고마운 사람들이 무척 많습니다. 그중에서도 가장 고마운 분은 엄마입니다. 청각장애 아들 때문에 그 많은 고생을 하며 언어치료사가 되셨다는 생각을 하면 죄송한 마음도 들고, 언어치료사로서 책을 쓰고 강연장과 강단을 누비시는 모습을 보면 자랑스럽기도 합니다. 저를 믿어 주신 엄마의 헌신이 지금의 저를 만들었습니다. 저 역시 제가 만나게 될 아이들에게 그러한 헌신을 주고자 합니다. 항상 최선을 다하는 엄마를 보며 저도 선생님이라는 목표를 향해 최선을 다할 것입니다. 많은 아이들에게 더 큰 가능성을 보여 주기 위해 열심히 나아가겠습니다.

우리가 함께 기다린 말들

초판 1쇄 펴냄	2025년 1월 30일
지은이	장재진
편집	양혜진
디자인	조수정
펴낸이	김서윤
펴낸곳	상도북스
출판등록	제2020-000076호
주소	서울시 동작구 상도로53길 8
전화	(02) 942-0412
팩스	(02) 6455-0412
전자우편	sangdobooks@gmail.com
블로그	blog.naver.com/sangdobooks
인스타그램	@sangdobooks

© 장재진 2025

ISBN 979-11-981187-2-1 03810

이 도서는 2024년 문화체육관광부의 '중소출판사 도약부문 제작 지원' 사업의 지원을 받아 제작되었습니다.